花核を嬲る舌の動きが速さを増す。
羞恥と快感で涙目になりながら恍惚境へと向かう。
頭の中が真っ白になる。目を、開けていられなくなった。
「あぁぁあっ、あっ——」

麗しの王子殿下は男装した画家令嬢を昼も夜もかわいがる

熊野まゆ

Vanilla文庫

麗しの王子殿下は男装した画家令嬢を昼も夜もかわいがる

目次

イラスト／Ｃｉｅｌ

第一章　伯爵令嬢は男装して宮殿へ行きます

ぴんっと背筋を伸ばして屋外用の丸椅子に座り、キャンバスに向かって絵筆を動かすコリンヌ・ベルナールの黒く長い髪を、春の爽風がひらひらとなびかせていた。

目の前に広がっているのは、美しい自然と広大な土地を誇るベルナール伯爵領だ。

――今日は絵を描くのにうってつけの日だわ！

そうして日がな一日、風景画を描いていても、人が通りかかることはめったにない。

ベルナール伯爵領にはこれといった産業もなければ、領都と呼べるほど立派な街もない。

領主館が建っているのは、他の地域なら村と呼ばれるであろう場所で、若者はまったく見かけない。

「――できた」

完成した絵には『リュカ・ベルナール』と、弟の名前を書き入れる。『コリンヌ』とは記せない理由がある。

「お嬢様がお描きになる絵にはこの地の魅力がそのまま表現されていますね」

突然、後ろから声をかけられたコリンヌは驚いて肩を弾ませた。

「ジーナ！　もう、急に声をかけるんだから。びっくりしちゃったじゃない」

「ふふ、ごめんなさい。でも五分くらいずっとここに立っていたんですよ。お嬢様は相変わらず、集中なさるとまわりが見えなくなられますね」

「そ、そうだったの……ごめんなさい、気がつかなくて」

ジーナは「いいえ、とんでもございません」と言って笑った。

ベルナール伯爵家のメイドはジーナのひとりだけ。おもに洗濯と料理をしてくれている。コリンヌも手伝うことがしばしばある。そして自分のことは自分でしている。

「それよりもお嬢様、お手紙が届いております」

宛名は『リュカ』になっているが、屋敷に届く手紙はすべてコリンヌが目を通すことになっている。父も弟のリュカも納得してのことだ。

「ええと、差出人は……レオポルド・ラバス・リティルエ——？」

封筒に綴《つづ》られている流麗な文字を、頭から終わりまで何度も見直す。

「……って、第三王子殿下⁉」

「そうなのですよ、お嬢様！　ラバス公爵、レオポルド・リティルエ殿下です。これはもう、すぐにお渡ししなければと思って参ったしだいです」

ジーナは興奮した面持ちで息を荒くしている。

舞踏会にも茶会にもめったに行かないので、この国の第三王子殿下とは会ったことがないのだが、噂《うわさ》だけはジーナから聞いて知っていた。

なんでも、この世のものとは思えないほどの美貌の持ち主で、芸術に造詣が深い男性なのだという。

「お嬢様、お早く中をお確かめください」

噂話が大好きなジーナは、レオポルドからの手紙が気になって仕方がないようすだ。

コリンヌはその場ですぐに手紙の封を開けた。

『あなたが描く絵にいつも感銘を受けています。ぜひ宮殿で私の肖像画を描いていただきたく――』

その手紙は終始、丁寧な言葉で綴られていた。王族といえば偉ぶった人ばかりなのでは、などと勝手に思っていたコリンヌは自分が恥ずかしくなる。

「いかがです、お嬢様。王子殿下はなんと？」

「殿下の肖像画を描いてほしいのですって、宮殿で」

報酬額を目にしてコリンヌは飛び上がる。

「こっ、こっ、こんなにいただけるの⁉」

ベルナールの領地経営はいまぎりぎりの状態だ。表向きは赤字ではないが、実際のところは違う。領地の赤字はベルナール家の私財で補塡《ほてん》している。当然、ベルナール家の家計は火の車になるわけだが、コリンヌが描いた絵を売ることでなんとか伯爵家としての体面を保っている。

領主である父親は、母親が逝去《せいきょ》してからというものなにをするにもやる気が出ないらしく、伯爵領の経営が先細りであっても、対策も講じずに「伯爵家はもうおしまいだなぁ」などとぼやいている。

第三王子殿下の肖像画を描いて報酬を受け取れば、家計の助けになることは間違いない。

「わたし、宮殿へ行って王子殿下の肖像画を描いてくるわ！」

コリンヌが両手に拳を握ってそう言うと、ジーナは「えっ」と声を上げた。

「ですがお嬢様。そのお手紙は『リュカ』様宛てなのですよ」

「そ、そうだった……」

リティルエ国には、女性は画家として身を立てることができないという法律がある。

ところが高名な画家である叔父は、コリンヌとリュカのふたりに幼いころから絵画の手ほどきをしてくれた。叔父は放浪の画家だ。いつも突然、伯爵領へやってきては、絵画のいろはを熱く語ってまた旅に出る。

あまり長くはベルナール領にいない叔父だが、コリンヌとリュカは彼を慕っていた。そしてふたりとも絵を描くことが大好きだった。

――女性が画家になれないなんて、知らなかったもの。

もしもそのことを知っていたら、画家を目指すほど絵を描くことが好きにはならなかったかもしれない。リュカもまた絵を描くのが大好きなのだが、とあることがきっかけで弟は自分の絵を他人に見せなくなった。

コリンヌは弟の承諾のもと、自らの絵を『リュカ』が描いたものと偽って売りに出した。いまから二年前、十六歳のときだ。

家計のためとはいえ、名を偽《いつわ》ってでも自分の絵を試したいという思いもあった。コリンヌは画家になることを諦めきれなかった。

コリンヌの絵はしだいに売れるようになり、繰り返し購入してくれる固定客もついてきたところだった。

ベルナール領の経営が苦しいことは周知の事実のため、コリンヌへの縁談は皆無だ。伯爵領を豊かにするには、なにをおいてもお金が要るとコリンヌは考えていた。

「けれど、諦めるしかないのかしら……」

リュカの描く絵は風景画や肖像画とは違う。もっと独創的なものだ。コリンヌは弟の絵をすばらしいと思っているが、仮にリュカ本人が宮殿へ行っても、それまでの描き手と異なることはすぐにばれてしまうだろう。

そもそもリュカはいつも部屋に引きこもっていて、屋敷の廊下にすら出てこない。

「ではお嬢様がリュカ様になって、男装して宮殿へ行かれるのはいかがでしょう？」

ジーナからの突然の提案に、コリンヌはきょとんとする。

「わたしが、リュカになる……？」

「そうです。いまだってリュカ様として絵をお描きになっていらっしゃるのですから、なにも問題ございません！」

「でもそれじゃあ、王子殿下を騙《だま》すことになるわ」

「それはそうですけど……ではお断りなさるのですか？　千載一遇《せんざいいちぐう》のチャンスかもわかりませんのに？」

真剣な表情のジーナにじいっと見つめられる。コリンヌはあらためてレオポルドからの手紙を見た。

文面から、真摯さが伝わってくるようだった。惹かれているのは、莫大な報酬があるからというだけではない。レオポルドの熱意に応えたいと、コリンヌは強く思った。

胸元に手を当てて目を伏せていたコリンヌだが、上を向く。

「……決めたわ。わたし、リュカとして宮殿へ行く！」

王都へは馬車で二時間ほどかかる。コリンヌは王都に入る前から徹底して男装していた。

リュカはまだ十五歳で、大人の男性ではないためコリンヌが男装してなりすましたとしてもまだなんとかなると父も弟も考え、同意の上で伯爵家を出てきた。

実際、弟の服はコリンヌにぴったりだった。

丸眼鏡をかけて黒いかつらを被ることで、本来の長い黒髪を隠す。弟のリュカとの違いは髪の長さくらいで、琥珀色《こはくいろ》の瞳は同じなので隠す必要はないのだが、女性だと気づかれないようにするため分厚く大きな眼鏡をかけているほうがよいと考えた。

馬車に揺られているあいだもずっと緊張しきりで王都に到着する。

「レオポルド殿下のご用命で馳《は》せ参《さん》じました、画家のリュカ・ベルナールと申します」

馬車の窓から門番に向かって声を張り上げる。付き添いの者はいないので自ら名乗った。

門番はあらかじめ『画家のリュカ』の訪問を知っていたらしく、すんなりと通される。

——よかった。女性だとは気づかれていないみたい。

画家といえば男性という固定観念も手伝っているかもしれないが、ひとまず無事に宮門を通過できたことに安堵《あんど》する。

——うん、大丈夫な気がしてきたわ！

宮殿の車寄せ《ポルトコシェール》で馬車を降りるとすぐに侍従《じじゅう》らしき男性がやってきた。侍従は、馬車の側面に刻まれていた伯爵家の紋章をちらりと見て言う。

「画家のリュカ様ですね。どうぞこちらへ」

コリンヌはキャンバスを左手に抱え、画材が入った袋を肩にかけて宮殿の廊下を歩いた。六角柱のガラスに覆われたシャンデリアが等間隔に吊《つ》り下げられたヴォールト天井の下を、侍従のあとについて歩く。白い壁の際には彫像や絵画が行儀よく並べられていた。

「こちらはレオポルド殿下の私的なサロンでございます。少々お待ちくださいませ」

侍従はサロンの扉を開けると、低頭して去っていった。部屋にいた侍女が紅茶を淹《い》れてくれる。

「どうぞこちらへ」

勧められた椅子の背もたれには奥行きがあった。装飾に遠近法が用いられている、瀟洒《しょうしゃ》な椅子だ。腰かけると、向かいの壁に自分が描いた絵が飾られているのを見つけて感激する。画家冥利に尽きる。

紅茶に手をつけようかと迷っていると、足音が聞こえた。開け放たれたままだった扉のほうを見る。コリンヌは丸眼鏡の内側で大きく目を見開いた。

彼の金髪はシャンデリアの光を受けて、星を散りばめたように輝いて見える。

ベルナール伯爵領の奥地にある湖の水面を思わせる神秘的な碧《あお》い瞳には、優しげでありながら意志の強そうな印象を受ける。

その人は、すべてが黄金比で構成されているのではと思うほど整った顔立ちをしていた。しばし見とれていたコリンヌだったが、レオポルドが微笑したことで我に返り、すっくと立ち上がる。

ドレスの裾をつまんで礼をしようとしたところで、つまむ裾がないことに気がつき、父親の真似《まね》をして紳士のお辞儀をした。

コリンヌがなにか言う前にレオポルドが口を開く。

「はじめまして。リュカ・ベルナールだね？　きみにずっと会いたいと思っていた」

なんという殺し文句だろう。耳元で囁《ささや》かれたわけではないのに、甘く低い声に全身が震えた。

あまりの美貌に、魂が持っていかれそうだ。

「こっ……光栄の極みでございます」

なんとかして声を絞りだし、ふたたび頭を低くしたあとであらためて彼を見る。

描きたいという気持ちと同時に、これほどの美貌をそのまま絵におこせるのだろうかと疑問も湧いた。自分にその技量があるのか、と――。

侍女がレオポルドのぶんの紅茶を淹れる。

「ありがとう。下がっていいよ」

給仕の侍女はテーブルの上に呼び鈴を置くと、ぺこりと頭を下げてサロンを出ていった。

――ふ、二人きりになってしまったわ！

未婚の男女が密室でふたりきりになることは貴族社会では許されていない。

――けれどわたしは『リュカ』としてここにいるのだから。

レオポルドにとって自分は『男性』なのだ。挙動不審になっては怪しまれる。

——落ち着いて……堂々と振る舞わなくちゃ。

「どうぞ、座って？」

「はい」

言われるまま椅子に腰を下ろすと、彼は向かいの一人掛け用のソファに座った。

紅茶を一口だけ啜《すす》ったあとで彼が言う。

「きみには私の生まれたままの姿を描いてもらいたいと思っている」

——へっ⁉

生まれたままの姿ということは、つまり裸だ。男性の裸体が描かれた絵画はよくある。一糸まとわぬ姿を描くことは芸術の究極形として世間一般に広く認められている。したがって王子の裸体を描くとなればたいへん名誉なことだ。ただし、それは画家が男性に限定されているからこそ許されるのである。

——わたしが描いてもいいの？

いや、いまはリュカとしてここにいる。こうして宮殿まで来てしまった以上、後には引けない。

「あ……ありがたき、幸せに、ございます」

震え声で返すと、コリンヌが戸惑っていることに気がついたらしいレオポルドがその碧い瞳を揺らした。

「いきなりこんなことを言って、困らせてしまったかな。ただ、私は……きみの描く絵が好きなんだ」

まるで射貫かれたように心臓がどくんっと跳ね上がる。

――ドキドキしすぎて心臓が壊れそう。

コリンヌの心境を露ほども知らないレオポルドが、輝かんばかりの笑みをたたえて話す。

「きみが描く風景画は、すべてにおいて繊細で、緻密で……まるでその場にいるような気持ちにさせてくれる。食べ物の絵からは香りまでも漂ってきそうだ。写実的なきみの絵には、本質が描かれているように思う」

麗しい彼の口から紡ぎだされる最上の褒め言葉を受けて、意識をしっかりと保っているのが難しくなってきた。

嬉《うれ》しすぎて、このままではきっとのぼせる。

「きみの瞳に私はどう映るのか、知りたいんだ」

――ぐふぅっ！

奇声を心の中に留《とど》めておけた自分を褒めたかった。

コリンヌは必死に深呼吸をする。

――ち、違うわ！　殿下は、好奇心をお持ちなだけ。絵におこしたとき、ご自身がどう表現されるのか、興味を持っていらっしゃる。

生まれたままの姿である裸体を描かれれば、より本質に近づくと考えているのだろう。彼は本当に芸術に造詣が深いのだと実感する。

そう、だから決して口説かれているのではない。

きちんとわかっているのに、彼の発する言葉の破壊力といったらこの上なかった。百人いれば百人が彼に惚《ほ》れてしまうのではないかとすら思えてくる。

「私の絵を、描いてもらえるかな」

首を傾げて、顔を覗《のぞ》き込むようにして訊《き》かれ、つい「はい！」とふたつ返事をする。

いや、はじめから彼の絵を描くつもりでここへ来たのだ。裸体だとは考えもしなかったが、大きな差ではない。

依頼を受けたからには必ずやり遂げる。

「イーゼルはこの部屋のものを使ってもらってかまわないよ」

レオポルドは嬉しそうに笑うと、銀色に蔓薔薇の地模様が入った上着を皮切りに、恥ずかしげもなくどんどん脱いでいく。

コリンヌは言われたとおりサロン内に置かれていたイーゼルにキャンバスを載せ、スツールに腰かけた。

——わたしはリュカ、リュカ……ッ。

自分に言い聞かせながら画材の準備をする。

ところが顔を上げてレオポルドの姿を見たとたん、手にしていた木炭を落っことしそうになった。

レオポルドは腰に白い布を一枚かけただけの裸体だった。服を着ていたときにはわからなかったが胸板は厚く、肌は滑らかそうだがじつに男性的で、隆々としている。

「……どうかした？」

コリンヌが固まっていたからか、レオポルドが首を傾げた。

「いっ、いいえ」

慌てて目を逸《そ》らすものの、彼をよく見なければ描くことができない。

コリンヌは顎に手を当てて、丸眼鏡越しにレオポルドをまじまじと見る。全体を見ようとするも、気がつけば鎖骨や乳首に目がいった。その箇所を見ているとどうも性的ななにかを刺激される。

――あれ？

視界の隅に赤いものを捉える。いったいなんだろうと考えるよりも先にレオポルドが目を瞠《みは》った。

「リュカ、鼻から血が――」

「えっ⁉」

下を向いた拍子に、鼻からボタボタッと血が滴り落ちた。手の甲についていたのは自分の鼻血だった。

「たいへんだ」

レオポルドは立ち上がりながら白い布を腰に巻きつけると、棚からタオルを取りだしてコリンヌに近づいた。

「これを使って」

「は、はい……っ。も、申し訳ございません」

タオルで鼻を押さえながら平謝りする。しばらく互いに無言だった。レオポルドはコリンヌのようすを注視している。

「医者を呼ぼうか?」

「へ、平気です。もう鼻血も止まりました」

「そう……。けれど伯爵家から王都までは長い道のりだっただろう。それで疲れてしまったのかも。すまなかったね。今日はゆっくり休むといい」

レオポルドはコリンヌの頭をぽんっと軽く撫《な》でてから服を着た。

——なんて優しい方なの。

彼は外見だけでなく心まで美しいに違いない。

それに引きかえ自分は、男だと偽って彼を騙し、あまつさえ鼻血まで出して迷惑をかけてしまった。

なんとかして彼の絵を描きたいところだが、鼻血は止まったとはいえすぐにはキャンバスに向かえそうになかった。

彼を見れば胸がドキドキと高鳴って、落ち着かなくなる。なにも考えられなくなるのだ。

もとの服を着たレオポルドが扉の前に立つ。

「さあ、きみの部屋へ案内するよ」

——案内って……王子殿下が⁉

本来ならばそういったことは侍従の役割だ。

——もしかして殿下は、なんでもご自身でされるのかしら？

そうでなければきっと給仕の侍女を早々に部屋から下げはしない。紅茶のおかわりが必要になったときに困るからだ。

——お茶を淹れるのはわたしだってできるけれど。

コリンヌの場合、伯爵家に人手が足りないから自分でしていたが、宮殿には溢《あふ》れるほど侍女や侍従がいる。

先ほどから、お仕着せを着た人々とたびたびすれ違う。皆が立ち止まり、レオポルドに敬礼している。そのたびにレオポルドは「やあ」と返したり、軽く手を挙げたりして応えていた。

——宮殿に勤める人はたくさんいる。

それなのにどうして彼は自ら案内してくれるのだろう。疑問に思いながらもコリンヌはレオポルドについていった。

「これからしばらくここを使ってほしい」

伯爵家の私室の何倍あるだろうか。とてつもなく広いゲストルームだった。

調度品はどれも最高級だとわかるものばかり。その中で、コリンヌが描いた絵が壁に飾られている。それだけでもう、涙が出そうだった。

馬車に積んできた絵の具や着替え等の荷物はすでに運び込まれていた。

侍女たちが部屋に入ってくる。

「あの……自分のことは自分でできますので、どうぞお構いなく」

嫌味《いやみ》にならないよう満面の笑みで言った。

「ですが……」

侍女たちはちらりとレオポルドを見る。

「彼の希望どおりに。けれど、リュカ？　遠慮はせず、困ったことがあればすぐに呼び鈴を鳴らしてほしい」

「はい。ありがとうございます」

皆が出ていって少ししたあと、コリンヌはそっと内鍵をかけた。

「ふー……」

まだなにもしていないというのに、どっと疲れた。

弟の服を脱ぎ、胸を押しつぶしていた晒《さらし》を緩め、胴に巻きつけていたタオルを外す。凄《すさ》まじい解放感だった。行儀が悪いと思いながらもベッドに寝転がる。

――明日。明日こそはレオポルド殿下の絵を描く。

描きたいという気持ちは多分にある。明日は一日じゅうでも彼の絵を描きたいくらいだ。

――けれど殿下のほうが、きっとお忙しい。

それならば目に焼きつけて、描けばいい。いまでも脳裏に焼きついている。彼のすべてが鮮烈だった。

明日に備えて、今日はもう休もう。


控えめなノックの音で目が覚める。

「――リュカ様、お目覚めでしたでしょうか」

コリンヌは反射的に「はい」と返事をした。

「ご朝食の準備が整っております。食堂にて殿下がお待ちです」

「えっ⁉　わ、わたしと一緒に殿下がお食事なさるのですか？」

コリンヌは扉越しに答えながら、急いで身なりを整えて扉を開けた。そこには、昨日サロンで茶の給仕をしてくれた侍女が立っていた。

「はい。リュカ様は大切なお客様でございますので、おもてなししたいとおっしゃっていました。ご準備が整われていらっしゃるようでしたら、ご案内いたします」

侍女のあとについて食堂へ行く。レオポルドはすでに食堂にいた。朝陽を受けた彼は、昨日よりもさらに輝いている。

「おはよう、リュカ。昨夜はよく眠れたかな」

「はい！　それはもう、たっぷりと」

「よかった。どうぞ、座って」

コリンヌはレオポルドの斜め向かいに座る。伯爵家でジーナが作ってくれる料理も美味《おい》しかったが、宮殿の料理も格別だった。

デザートはプディングだ。イチゴのソースで花の模様が描かれている。

「きれいなプディングですね」

感心しながら食べる。まろやかで美味しい。自然と顔がほころぶ。

「口に合ったかな。じつはデザートだけ、私の手作りなんだ」

——手作り⁉

「たっ、たいへん美味しゅうございました！」

コリンヌが言うと、レオポルドは「よかった」と言わんばかりにほほえんだ。神々しい笑みに、つい見とれてしまう。

「今日は、できれば昼から私の絵を描いてもらいたいのだけれど、リュカの都合はどうかな」

「はい、ぜひ！」

「ありがとう。午前中はどうか自由に過ごしてほしい。侍女が付き添うことになるけれど、宮殿内は庭も含めどこでも歩いてもらってかまわないよ」

「ありがとうございます」

朝食のあと、侍女たちと一緒に宮殿の庭へ出たコリンヌは感動に目を輝かせる。

円形の池を中心に色とりどりの薔薇の植え込みが連なっていた。そこかしこに咲き乱れる薔薇から甘い香りが漂ってくる。

――ん？　あれは……。

異国風の服を着た男性をもてなしているらしいレオポルドを見つけた。風に運ばれてくる言葉はまったく理解できない。外国語で会話しているようだった。相手の男性は楽しそうに笑っている。

コリンヌは立ち止まったまま、そのようすをじっと眺めていた。

昼過ぎになると、コリンヌがあてがわれている部屋にレオポルドがやってくる。

「すまない、遅れてしまった」

彼は走ってここまで来てくれたのか、息が上がっている。

コリンヌはすでに絵を描く準備万端だ。

「ではさっそく」といいながらレオポルドは暑そうに上着を脱ぎ、クラヴァットを解いた。ドレスシャツのボタンを次々と外していく。

彼の肌は少し汗ばんでいた。そのことに気がつくと、どういうわけか脇腹のあたりがぞくぞくと震える。

寒いわけではない。どちらかというと熱っぽく、震えが走った。

――なんで⁉

わけがわからずうろたえるものの、態度には出せない。

――とにかく今日こそは。

彼の裸体を描く。この絶対的な美を、絵におこしてみせる。

やる気も気合いも充分だった。

コリンヌはレオポルドを観察する。汗ばんだ肌はしっとりとしている。

どんな手触りだろう。静物を描くときはいつも手触りを確かめてから描く。

――けれど殿下は『物』じゃないわ。

触って確かめるのはおこがましい。しかし触れられないからこそ、手触りを妄想してしまう。

そして、もしも触れられたら彼はどんな顔をするのだろうということにまで考えがいく。

——え、待って……わたし……痴女《ちじょ》では⁉

愕然《がくぜん》としながらも、邪念を振り払うべくぶんぶんと首を振った。そんなコリンヌを見てレオポルドは不思議そうに小さく首を傾げる。

彼のちょっとした仕草にも心を揺さぶられるのはなぜだろう。ざわついて、落ち着かなくなる。湯あたりしたときのように頭がぼうっとしている。

手を動かして彼を描かなければと思うのに、くらくらと眩暈《めまい》がして指が動かないのだ。

「……顔が赤いね？」

丸眼鏡で目元を覆っていても、そうとわかるほど顔が赤らんでいたらしい。なんだか情けなくなる。

「もしや体調が優れない？　やはり医者を呼ぼう」

「いいえ、どこも悪くはありません！　ただ、その……」

「うん、遠慮せず言ってほしい」

レオポルドは心配そうな顔で待ってくれている。

「で、殿下の……溢れる気品と色香に、やられているのです！」

正直に口走ったあとで即刻、後悔する。

——やられているってなに！

「し、失礼なことを申し上げました」

ひたすら頭を下げる。いくらなんでも不敬が過ぎる。

「顔を上げて。失礼だなんて思っていないよ。けれど、ええと……どういうことかな？」

気を悪くはしなかったようだが、困惑しているのが窺《うかが》える。

「その……殿下があまりにも麗しく、わたしの周囲に殿下のようなお方はいらっしゃらなかったものですから……」

「ああ、なるほど……。つまり、見慣れないということだね」

ちょっと違う気がするが、レオポルドはそれで納得しているようだ。

「では見慣れるまで、私のそばにずっといるといい」

――殿下のそばに……ず、ずっと⁉

それはそれでまずいような気がする。

心臓は、大丈夫だろうか。乱れすぎて止まるような事態にならなければよいが――。

コリンヌの心配をよそに、レオポルドは服を着ながらなにやら考え込んでいる。

「そうだな……侍従見習い、というのはどうかな。私の公務に付き添ってもらいたい。もちろん給金は出すよ」

「殿下のご公務中に、わたしのような者がおそばにいてもよろしいのでしょうか？」

「なにも問題ないよ。きみは伯爵家の嫡男だから、階級にうるさい連中も文句など言わないさ」

没落寸前なせいで忘れそうになるが、ベルナール家とて一応は貴族だ。

「ありがたき幸せにございます。誠心誠意、仕えさせていただきます」

どういうわけか彼のことを描けないいま、できることに精いっぱい励むべきだ。そうでなくてはあまりにも申し訳なさすぎる。

——こんなによくしてくださっているのだから。

「私の執務室へ行こうか」

「はいっ」

コリンヌは意気込んでレオポルドを追う。

執務室には、側机で書き物をしている強面《こわもて》の侍従がいた。レオポルドを見るなり立ち上がる。

「本日、これよりリュカ・ベルナールを侍従見習いとしてそばに置く」

レオポルドが侍従に向かって言うと、侍従は鋭い眼差《まなざ》しでコリンヌを一瞥《いちべつ》して「かしこまりました」と答えた。

——なんか怖い！

いや、偏見だ。よく知りもしないのに『怖い』などと、思ってはいけない。侍従は側机をまわり込んでコリンヌの前に立つ。

「ブリュノです。どうぞよろしく」

仏頂面のまま侍従が右手を差しだしてくる。コリンヌは慌てて「よろしくお願いします」と言葉を返し、侍従と握手をした。するとブリュノは、わずかに目を見開いたまま固まった。

「あの……？」

「……あ、いえ」

ブリュノは手を引っ込めると、レオポルドのほうを向いた。

「さて、リュカの机と椅子も用意しなければね。倉庫にあるかな？」

「それは私どもがいたしますので殿下はどうぞお掛けください」

部屋を出ていこうとしていたレオポルドだったが、ブリュノにそう言われ、渋々といったようすで執務椅子に座った。

「殿下にはこちらと、それからこちら……あとはこちらをお読みいただき、決裁をお願いいたします」

「わかった」

レオポルドはほほえんではいるが、どことなくブリュノの圧に参っているようすだ。

「リュカは私と一緒に倉庫へ」

「はい」

執務室を出て廊下を歩く。

「あなたは画家だと聞いていましたが、なぜ侍従見習いに?」

「それが……その、殿下のお姿を描くことができず……」

コリンヌは、レオポルドを見ていると胸が高鳴り、頭がぼうっとして絵筆が進まないことを正直に話した。

「……なるほど。それはたしかに『見慣れる』しか解決法がなさそうですね」

倉庫に着いたあとはブリュノが机を、コリンヌが椅子を持ってレオポルドの執務室に戻った。

「ふたりともおかえり。決裁は終わっているよ」

レオポルドがブリュノに紙束を手渡す。ブリュノは鋭い目つきで書類を確認した。

「ではこちらは私がクリストフ殿下へお届けしてまいります。リュカはレオポルド殿下のご指示を仰ぐように」

そう言い残してブリュノはふたたび出ていった。

――あ……どうしよう、またふたりきり……!

とたんにドキドキしはじめるこの心臓は本当に、どうしてしまったのだろう。

レオポルドはまったく気にしていないようすで「机は私のすぐそばがいいね」と言っている。

「机を動かすのでしたらわたしが」

ひとりで机を抱えようとするものの、持ち上げることができない。ブリュノは軽々と抱えていたのに……と、不甲斐《ふがい》なくなる。

「ああ、大丈夫。私がしよう」

レオポルドもまたブリュノと同じように軽々と机を持ち上げると、執務机の隣にぴたりとくっつけて並べた。

コリンヌは机の前に椅子を置く。するとレオポルドから一枚の紙を渡された。

「孤児院へ送る画材のリストなのだけれど、確認してもらえるかな。子どもたちの人数と年齢はここに記してある。三ヶ月分を目安に定期的に送っている。足りなくなっていないか院長に訊いても、彼女は遠慮しているのかいつも『充分でございます』としか答えてくれなくてね。リュカになら、子どもたちが毎日、絵を描いたとしてもどれくらいで画材がなくなるかよくわかるのではないかと思って」

「僭越《せんえつ》ながら、拝見いたします」

リストを両手で受け取り、画材の確認をする。

「孤児院は、街なかにあるのでしょうか」

「いや、王都の外れだ。自然豊かなところだよ」

「では子どもたちは風景画を描いていることが多いのでしょうか？」

「以前、視察へ行ったときにはそうだったな。子どもたちに『足りないものはないか』と尋ねても、院長に『ねだってはだめ』と言われているようで……。私財だから気にする必要はないと言いたかったが、それもなんだか驕《おご》っているようで気が引けるし」

レオポルドはすっかり困り顔になっている。

「でしたら……絵の具の緑や黄色は、他の色よりも増やしていいかもしれません」

草木を描くとすぐになくなるのがその二色だ。

――この孤児院の子どもたちは五歳に満たない子が多い。

コリンヌは色と色を混ぜて好みの色を作るが、幼い子どもは特に、まだそこまではしていないだろう。

「そうか。うん、そうしよう。ありがとう、リュカ」

「いいえ、お役に立てるかわかりませんが……こちらこそ、ありがとうございます」

ほほえむコリンヌを、レオポルドはじっと見つめた。

「リュカは……なんというか、その……」

「――ただいま戻りました」

ブリュノが執務室に入ってくると、レオポルドは「……すまない、なんでもないよ」と言ってにこりと笑った。

「クリストフ殿下からこちらをお預かりいたしました」

先ほど持っていったのよりも多い紙束が執務机の上に積まれる。

一瞬だけ、あからさまに「げっ」というような顔をするレオポルドだったが、困ったように笑いながら息をつき、椅子に腰かけた。

夕方になるとレオポルドは公務で出かけた。部屋にはコリンヌとブリュノのふたりきりになる。

――ブリュノさんとふたりでいても、平気だわ。

なぜだろう。ブリュノが、自分の父親と年齢が近そうだからなのか。

コリンヌはレオポルドから、手紙の縁飾りを描いてほしいと頼まれ、絶えず手を動かしていた。

「手を動かしながらでかまいませんので聞いてくれますか」

コリンヌが「はい」と返事をすると、ブリュノが話しはじめる。

「レオポルド殿下は芸術に関する慈善事業や、宮殿を訪れる諸外国の要人のもてなしについては右に出る者がおりませんが、書類仕事となるとどうも……。まあ、取りかかりが遅いというだけで、決裁しはじめれば素早く適切にご判断なさるのですがね」

ブリュノは淡々と、それでいて明瞭な声で話を続ける。

「手紙などもよくしたためていらっしゃいます。そういったことは率先してなさるのに、政《まつりごと》に関するものとなると、動きが鈍くなられる」

「なぜでしょうか?」

「きっと、政は兄君……王太子クリストフ殿下のなさるべきことだと思っていらっしゃるのでしょうね。だから自分はよけいな口出しはしないと、そういうお考えなのでしょう」

「それでは、いけないのでしょうか」

「そのほうがうまくいく場合もあります。ですがクリストフ殿下は、レオポルド殿下にもっと国政に参画してほしいと考えていらっしゃるのですよ」

「そうなのですか……」

そこへレオポルドが戻ってくる。

「ふたりでなにを話していたの」

「あ、ええと……」

「リュカの絵のすばらしさについてです。ご覧ください」

ブリュノに言われて、レオポルドはコリンヌの手元を覗き込む。急に顔が近くなったせいか、心臓がドクドクと暴れはじめる。

「ああ、本当に……まるでここに蔓薔薇があるようだ」

彼はその長い指でそっと蔓薔薇模様を辿《たど》っていく。

「まいったな……。なんにでも絵を描いてもらいたくなってしまう」

「はい、なんにでもお描きいたします」

「私の体にも？」

「へぁっ⁉」

「そんなに慌てなくても。ほんの冗談だよ」

レオポルドはいたずらが成功した少年のように「ははっ」と軽快に笑う。二十三歳の彼に向かって『少年』とはずいぶんだが、美貌の面に親しみやすい笑みを浮かべられては心臓に悪い。ドキドキがいっこうに収まらない。

コリンヌは真っ赤になったまま、二の句が継げなかった。

「ずっと机に向かっていて、疲れてはいない？　今日はもう自由に過ごしてくれてかまわないよ」

「はい……ではあの、失礼いたしますが、なにかございましたらすぐに参りますので」

レオポルドとブリュノに会釈して執務室を出る。頰《ほお》の熱はしばらく冷めやらなかった。

コリンヌはあてがわれている部屋と食堂、それからレオポルドの執務室を往復することが多くなった。

「──よろしければご一緒にお茶などいかがですか？」

すっかり顔見知りとなった侍女たちに誘われ、コリンヌは侍女たちの休憩室へと足を踏み入れた。

侍女たちの話題はレオポルドが中心だ。

「レオポルド殿下はなんでもご自身でやってみなくては収まらない方よね。好奇心旺盛でいらっしゃるというか。けど、私たちを信頼なさっていないわけではなくて。紅茶の最初の給仕などはさせてくださるし」

するとと別の侍女が喜々として口を開く。

「それにいつも『ありがとう』と声をかけてくださる。そこがまた、気取った感じがしなくていいのよね」

まわりにいた侍女たちも「ねぇ」と同調して楽しそうにおしゃべりしている。

コリンヌもまた「わかります」と言いながら頷《うなず》いた。

「型破りだと言う方もいらっしゃるようだけど、レオポルド殿下は王都の国民を含め皆に慕われてるわよね。いいえ、リティルエ国だけじゃなく、諸外国の方々にも。外国語にも堪能でいらっしゃるから」

いったい誰が「型破り」だと言っているのだろうと少し気になったが、レオポルドは魅力に溢れる男性だとつくづく思う。

「ですがリュカ様も、伯爵家の嫡男でいらっしゃるのになんでもご自身でなさりますよね。殿下と同じで、やってみたくなられるのですか?」

「あ、そ……そうですね」

コリンヌの場合は女性だとばれないようにするためなので違うが、ここはよけいなことを言わずに頷くしかない。

「ご自身でなんでもできる男性って、素敵だわ」

――ごめんなさい、男性ではないんです……。

感心しているようすの侍女たちに、コリンヌは複雑な心境で笑い返した。

侍女たちの休憩室を出て私室へ向かっていると、廊下の向こう端からふたりの男性が歩いてくるのが見えた。

モノクルをかけた貴族らしき男性と、その後方にはキャンバスを持った若い男性がいる。

侍従見習いであるコリンヌは立ち止まって礼をする。侍女や侍従のお仕着せを着ていない人々に対してはそのように礼をすると決めていた。

モノクルをかけた男性が立ち止まる。

「きみはもしやリュカ・ベルナール？」

「はい」と返事をしてふたたび頭を下げれば、男性はモノクルを光らせ、顎に手を当ててコリンヌの頭から足先までを見まわした。

「きみはたしか十五歳でしたか。線が細いですね。まあ、あと数年もすればもっと逞《たくま》しくなるでしょう。画家は威厳がなければ。女性のように細くてはいけない」

モノクルをかけた男性の後ろに立っている、キャンバスを抱えた男性が肩を竦《すく》めるのがわかった。コリンヌほどではないが、キャンバスを持つ彼も男性にしては細身だ。

――もしかして画家なのかしら？

話をしてみたいと思ったが、モノクルをかけた男性とともに足早に行ってしまった。

「先ほどの方々は宰相ダミアン様と、宮廷画家のアシル殿です」

「わっ！」

突如としてブリュノが姿を現したので、驚いて後ずさる。そんなコリンヌを気にするようすもなくブリュノは真顔で話しはじめる。

「アシル殿は平民ですが、侯爵であるダミアン様に取り立てられ、最近は政治的なことにも関わっていらっしゃるのだとか……」

画家は元来、パトロンを得て力をつける。

宮廷画家アシルの絵は見たことがあった。彼の年齢はコリンヌよりもひとつ年上の十九歳だったと記憶している。『リュカ』と同じく若い部類の画家だ。

「ところでリュカ。明日の夜、私は不在ですので代わりにレオポルド殿下についていてもらえますか」

「承りました。どのようなことをすればよいのでしょうか？」

「普段とそう変わりありません。晩酌に付き合う程度です」

「わかりました」

それならば問題なくできそうだとコリンヌは思った。

次の日の夜、コリンヌはレオポルドの寝室で彼の晩酌に付き合った。

レオポルドはどんどんワインを呷《あお》る。顔色はいっこうに変わらない。酒には相当、強いのだろう。

「そろそろ湯浴《ゆあ》みしようかな。リュカ、すまないが手伝いを頼むよ」

――湯浴みの……手伝い⁉

聞いていない、話が違うなどとは言えるはずもなく、コリンヌは表情を強張《こわば》らせる。

「……リュカ？　あ、いや……湯浴みの手伝いは絶対ではないから」

コリンヌが困惑していることに気がついたのか、レオポルドは困ったように笑う。

「いえ、そのっ……ブリュノさんは、なさっているのですよね」

「うん、まあ……」

「でしたらわたしも頑張ります！」

「そう？」

湯浴みの手伝いといっても、彼の全身を洗うのではなく、彼の手が届かない背中を洗うだけなのだという。そのほかの部分はレオポルドが自ら洗うので、あとは湯を運んだり、亜麻布《あまぬの》を手渡したりすればよい。

レオポルドは浴室の手前にある小部屋で服を脱ぎはじめる。コリンヌはというと、彼が脱いだ服を受け取って畳んでいく。

――ふつうは服を脱ぐのだって自分ではしないと思うけれど……。

王族ともなれば従者にやらせるのが慣例だが、コリンヌは彼の服をうまく脱がせる自信がなかったので、助かる。そうとは口に出せないが。

彼の素肌が露《あら》わになっていく。三度目だというのに、いっこうに見慣れない。

壁掛けランプの柔らかな光に照らされた彼の素肌は艶《つや》やかで、なにか色気のようなものが漂っている気がする。

――って、いまは殿下の絵を描くわけではないのだから、じろじろ見る必要はないわ！

「リュカ？　きみも上着くらいは脱がないと、濡《ぬ》れてしまうよ」

侍従服を着込んだまま浴室に入るのはたしかに不自然だ。

「そ、そうですね……」

コリンヌは上着を脱ぎ、ドレスシャツだけになる。そのすぐ下には晒を巻いているだけで、シュミーズは身につけていないので心許《こころもと》ないが、仕方がない。

レオポルドとともに浴室へ移動したコリンヌは石鹸《せっけん》を泡立て、スポンジにつけて広い背中をそっと擦った。

手が震えてしまう。そのことに彼は気づいているだろうか。

――どうかお気づきにならないで……！

なぜ手が震えるほど緊張しているのか、と問われたら答えに窮する。自分でもわからない上に、女性だとばれてしまう可能性が高い。

「……なんだかくすぐったいな」

壁のほうを向いたまま彼が言った。表情がわからないので、冗談なのか本気なのか判別がつかない。

「も、申し訳ございません……！」

「ああ、いや……ブリュノは力いっぱい手を動かすものだから、ちょっと感覚が違うなと思って。そもそもきみは伯爵令息なんだ。他人の体を洗うのなんて、慣れていないよね。すまないね、こんなことをさせて」

「いいえ、とんでもないことでございます」

女性だから不慣れだとは思われていないことにほっとする。

──けれど、もっと強く擦ったほうがいいということ？

手に力をこめてみる。

「ん……気持ちいいよ」

囁くような掠《かす》れ声を聞いてどきりとする。

──な、なんだかいけないことをしている気分に……。

自分は湯に浸《つ》かってもいないというのに、のぼせたようになる。

落ち着かなくちゃと自分に言い聞かせてなんとか背中を洗い終わる。その後は、彼のことを見ないようにしながら何度か湯を運んだ。

ふと、浴室横の小部屋に亜麻布がないことに気がつく。

そうだ、あらかじめ準備しておかなければならなかったのに、すっかり忘れていた。

急いで持ってこなければ、レオポルドの体が冷えてしまう。

寝室の隣——侍従が控える部屋——の暖炉には火が入れられておらず、肌寒かった。

コリンヌはクローゼットから大判の亜麻布を取りだし、レオポルドのもとへ急ぐ。

冷えた部屋から急に浴室へ入ったせいか、眼鏡が曇る。早く、早くと慌てていたのもあって、眼鏡の曇りで視界が閉ざされたコリンヌは大きく体勢を崩した。

「——っ、危ない！」

レオポルドの叫び声と同時に体が傾《かし》ぐ。

ドサッという鈍い音がしたかと思えば、カシャンッと鋭い音が聞こえる。

それから背や腰のあたりになにか力強いものがあてがわれ、胸に巻いていた晒が緩むのが感覚でわかった。

浴室はしんと静まりかえっている。

目を瞑《つぶ》っていたコリンヌは、ゆっくりと瞼《まぶた》を持ち上げる。

すぐそばに、明るい湖面を思わせる美しい碧眼《へきがん》があった。息が止まりそうになるほど美しいその碧い瞳は驚きに見開かれている。

コリンヌはレオポルドを床に押し倒したまま呆然《ぼうぜん》とする。

彼の手がゆっくりと伸びてきて、コリンヌの黒い髪を手繰り寄せる。

そうしてようやく、男装のための眼鏡もかつらも、そして胸に巻いていた晒もまったく機能していないことに気がついた。

「長くてきれいな髪だね。それに瞳も……吸い込まれそうな琥珀色だ。体だって、こんなに柔らかくて……」

まるで芸術品の評価をするように、レオポルドはコリンヌの髪や肌に触れる。

「……っ！　レオポルド、様……」

頬や首筋、うなじなど、服に覆われていない部分を撫でまわされる。

「リュカの肌は滑らかだね」

恍惚《こうこつ》とした顔には驚きこそあるものの、訝《いぶか》しむようすはない。ひたすら純粋に、目の前にあるものを観察しているようだった。

レオポルドはかなりの量の酒を飲んでいた。まだ酔いがさめていないものと思われる。

ごまかせるだろうかと考えたが、自分の胸元を見るなり絶望する。

晒の締めつけをなくした胸は形がわかるほど服の上に盛り上がり、レオポルドの胸板にぶつかっていた。

早く彼から退かなくてはと思うのに、レオポルドの腕が腰にしっかりと巻きついているので動けない。

レオポルドは惚《ほう》けた顔でコリンヌの髪や頬をひとしきり触ったあとで胸元を注視する。

「あ……」

もう、ごまかしようがない。

彼の右手が背中を這《は》い上がる。体から力が抜けてしまい、ますますレオポルドを押しつぶすような状態になった。

「本当に……柔らかい」

ぽつりとした、独り言のような呟《つぶや》きにカッと頬が熱くなる。

「私は――夢でも見ているのかな」

うっとりとした顔でレオポルドは言葉を足す。

「リュカが女性になった、夢」

――夢だと思ってくださっているのなら、まだなんとかなるかもしれない。

そうなれば、彼の夢の中で『女性』を演じればよいだけだ。

いったいどこまで偽り続けるつもりだと自分自身に呆《あき》れながらも、ほかに選択肢はない。

「ねえ、リュカ。きみのこと……もっと確かめてもいい？」

「は、はい」

なにを確かめるつもりなのだろう。嬉しそうにふわりとほほえむ彼に釘付《くぎづ》けになる。

レオポルドの両手がコリンヌのトラウザーズにかかる。

「ひゃっ⁉」

女性かどうか触って確かめるという意味だと思い至り、とたんに焦る。

「あ、あのっ、待っ……あ」

うろたえているあいだにトラウザーズを引き下げられる。

「どうして男性物の下着を穿《は》いているの？」

純粋に「わからない」といったようすでレオポルドが囁きかけてくる。

「そ、それは……その……」

言い淀《よど》んでいるあいだに、彼の両手がお尻にあてがわれた。

「ここも、柔らかいね」

緩々とお尻を揉《も》み込《こ》まれる。

「う……う、んんっ……」

くすぐったさのほかにも、内側から焦がれるような感覚がふつふつと湧いてくる。

「こっちと、どっちが柔らかいかな？」

楽しそうに、興味津々といった調子でレオポルドはコリンヌの胸を右手で摑《つか》む。

「ひぁっ！」

コリンヌが声を弾ませると、レオポルドは笑って「かわいいな」と呟いた。右手で胸を、左手でお尻をぐにゃぐにゃと揉《も》みしだかれる。

「うん……どっちも、すごくいい揉み心地だ。ずっと触っていたくなる」

「あぅ、ん……んっ」

異性に触れられてはいけない箇所だというのに、レオポルドの大きな手のひらはとてつもなく心地よかった。

お尻を揉んでいた彼の左手がしだいに横へずれて、前へとやってくる。足の付け根に手がかかると、コリンヌはびくりと体を跳ねさせた。

男性物の下着の中央を手探りされる。そこになにもないのを確認しているようだった。

「や、あ……っ」

さすがにこれはまずいのではないかと、危機感を覚えたとき。

「ん……？　ちょっと、湿ってる……？」

「――っ‼」

混乱して、恥ずかしくて、視界がぼやける。もうだめだ。

これ以上、偽り続けることはできない。このままではきっと身も心も、羞恥で爆発してしまう。

「殿下……！　夢では、ありません」

涙ぐんで訴えるコリンヌを見て、はっとしたようにレオポルドは碧い双眸《そうぼう》を見開いた。

それから、おもむろに自身の頬をつねった。ああ、そんなことをしたらきれいな頬が赤くなってしまう。やめてほしいのに、言葉が出なかった。

レオポルドは小さな声で「痛い」と呟く。彼の頬は案の定、真っ赤だ。ところが、頬をつねった片方だけでなく、両頬とも朱に染まっていた。

「夢じゃ、ない……。そうか、ええと……きみは画家で……男性、で……？　いや、でもお尻はすごく柔らかかったし、股間にはなにもなかったし、胸だって――」

コリンヌはびくりと体を弾ませる。腰を抱くレオポルドの手から力が抜けた。

「……リュカ？」

低く甘い声にぞくりとしながらも飛《と》び退《の》き、彼の傍らに座り込んだ。

「ごっ、ごめんなさい、わたし……っ」

ガタガタと震えはじめたコリンヌの肩に、レオポルドはそっと両手を置いた。

「大丈夫だから、落ち着いて。きみはもしかして、ベルナール伯爵令嬢の……コリンヌ？」

コリンヌの両肩が大きく跳ね上がる。

リュカになりすますことができるのは姉のコリンヌしかいない。レオポルドはすぐにそう勘づいたのだろう。

レオポルドが身を起こすと、どこからともなく血の匂いがした。

「殿下、肘から血が……！」

コリンヌは顔面蒼白《そうはく》になりながら慌てふためく。いっぽうレオポルドは、いま気がついたというように身を捩《よじ》って肘を見た。

「いい、気にしないで。それよりもきみは？　どこか怪我《けが》していない？」

彼は自分にはかまわずコリンヌの体を見まわす。

「わ、わたしは……平気、です。どこも痛くありません」

「そう、よかった。きみが傷つかなくて」

レオポルドは穏やかに笑っている。なんて懐が深い人なのだろう。胸が熱くなるのと同時に、うろたえるばかりの自分が情けなくて、ますます泣きそうになる。

「急ぎ手当を……っ」

「また転んではいけない。急がなくていいよ、コリンヌ」

彼は亜麻布を腰に巻いたあとでコリンヌの手を取った。そうして力強く、それでいて優しく引っ張り上げられた。

第二章　美貌の王子殿下に告白されました

浴室から出たコリンヌは懸命にレオポルドを手当てした。

「ですがやっぱり、お医者様をお呼びしましょうか？」

「まさか、これくらいで医者に診てもらうなんて。本当に平気だから。もう血も止まっているし。手当てしてくれてありがとう」

ナイトガウン姿のレオポルドがソファから立つ。

「よし、温かい飲み物でも淹れよう」

「でしたらわたしが」

「大丈夫。きみは座っていて」

「ですが殿下は肘を怪我なさっています。わたしのせいで、本当に申し訳ございません」

「こんなのかすり傷だって言っているのに。いいから座っていてください、レディ。それに私のほうこそ、その……さっきはきみのことを無遠慮に撫でまわして、すまなかった」

少し照れたような極上のほほえみを向けられると胸が高鳴って、動けなくなる。

──わたしはお酒を飲んでいないのに……。

　頭がぼうっとして、動悸《どうき》が激しくなる。なぜこんなふうになってしまうのか、コリンヌにはまったくわからない。

　いっぽうで彼の酔いはさめているようだった。レオポルドは壁際に置かれていたティーワゴンのところまで行くと、慣れた手つきで紅茶を淹れはじめる。

　宮殿の侍女たちから「彼はなんでも自分でする」と話には聞いていたが、それにしても手際がよい。

「好きなんだ、紅茶を淹れるのが。湯温や茶葉の量で味が変わるのが面白くて、ひとりきりだというのに十杯以上、淹れてしまったこともある」

「もしかして全部お飲みになったのですか？」

「うん。苦い紅茶を人に飲ませるわけにはいかないからね。お腹《なか》は紅茶だらけで、歩けばたぷたぷと音がするようになってしまったよ」

「まあ」と言いながら笑うコリンヌのもとへ、ティーカップをふたつ持ってレオポルドがやってくる。

「……少し元気が出たみたいだね？」

　彼が身を屈《かが》めて覗き込んでくるので、どぎまぎしてしまう。

「……っ、はい。ありがとうございます」

ティーカップを受け取り、紅茶を飲む。温かくて、美味しくて、落ち着く。

レオポルドはコリンヌの隣に座ると、彼もまた紅茶を啜ったあとで、ティーカップを静かにソーサーへ載せた。

「それで……きみはなぜ男装してまで画家を?」

コリンヌは目を伏せて、ティーカップをソーサーの上に置く。レオポルドと違ってカチャンッと音を立ててしまった。

そのことを恥ずかしく思いながらもコリンヌは、伯爵領には基幹となる産業がないこと、父と弟がどのような考えでいるのかを話した。

レオポルドはコリンヌが話をしているあいだずっと、頷いたり相槌《あいづち》を打ったりして真剣に聞いてくれた。

「そうか……。伯爵家のために、きみはたったひとりで頑張ってきたんだね」

頭を撫でられ、鼻の奥がつんっと疼《うず》く。こらえるよりも先に瞳からは涙が溢れていた。

「申し訳ございません。わたしは、みなさんを……騙して……っ」

レオポルドがそっと抱きしめてくれる。ゆったりとしたリズムでトン、トンと何度も軽く手を当てられる。まるで幼子をあやすような仕草だ。

彼の胸は温かくて広い。規則的な心音を感じる。身も心も安らいでくる。ところが、どこか落ち着かない。頬は依然として熱く火照っていた。

しばらくすると、どちらからともなくそっと離れた。

「きみは一所懸命なのに……ごめんね。男装してまで健気《けなげ》に頑張っているきみに私はすごく惹かれている」

彼は眉根を寄せてほほえんでいる。「惹かれている」と言われてどきりとしてしまったが、レオポルドが言いたいのはきっと『興味がある』ということだ。

「だからぜひ私にも、伯爵家の再興を手伝わせてほしい」

コリンヌは何度も瞬《まばた》きをする。理解が追いついていなかった。口をぱくぱくとさせるだけでなにも言えないコリンヌを見てほほえみながらレオポルドは続ける。

「とにかく資金が必要だから、きみは男装してまで画家として頑張っているんだよね？　だったら私のもとで正式な侍従になって、その傍ら絵を描いて売るといい」

「あの、ですが……」

「ちなみに侍従の月あたりの給金はこれくらい」

レオポルドが両手で金額を示してくれる。コリンヌは驚きに目を瞠った。絵を一枚、売るよりも遥《はる》かに高い。

「もっとも、私が私財で支援してもよいのだけれど――」

コリンヌはぶんぶんと何度も首を横に振る。あまりの勢いに、琥珀色の瞳に溜《た》まっていた涙が左右に飛び散る。

「いいえ、そこまで甘えてしまうわけには！」

「うん……だったらやっぱり、さっき提案した方法が現状ではいちばんだ。これからも周囲を騙し続けるっていうのは、きみには気が引けることかもしれない」

レオポルドには抱きしめられてはいないものの依然として距離は近かった。彼の優しい眼差しをすぐそばで感じながら、コリンヌは小さく頷く。

「どうして、そこまで……してくださるのですか？」

「言ったでしょ、きみに惹かれているって」

「興味がある、という意味ですよね……？」

「うん、興味もある。コリンヌ・ベルナールというレディがいったいどんな人物なのか、そばで……知りたい」

そうして見つめ合う。碧い瞳に吸い込まれそうになる。彼はなにもかもが魅惑的で、目が逸らせなくなる。

レオポルドはというと、コリンヌの視線を受けて照れたように唇を引き結び、顎に手を当てて視線をさまよわせた。

「そういえばブリュノは今夜、結婚式の準備があって不在なんだ。彼自身のね」

「そうだったのですか」

明日、ブリュノに会ったら祝いの言葉を述べよう。

「それでブリュノがいま使っている続き間の部屋をきみの居室にしてはどうかと思うのだけれど」

先ほど亜麻布を取りにいった部屋だ。

「よろしいのでしょうか？　わたしが使っても……」

「かまわないよ。結婚して部屋を出ていくブリュノの代わりを捜さなければならなかったところだ。もし他の侍従を入れてしまったら、きみとの内緒話がしづらくなるし」

内緒話という響きにそわそわしてしまうのは自分だけだろうか。レオポルドは顎に手を当てたまま言う。

「けれど……きみが女性だとわかって、納得したよ」

「えっ？」

「いや、可憐《かれん》だなって……思っていたから。以前、きみが侍従見習いになったばかりのころにも言おうとして、やめた。少年とはいえ可憐だなんて、失礼だろうから」

レオポルドは苦笑している。

「ですがそれは、わたしの男装が不十分ということなのでは……」

コリンヌはとたんに青ざめる。

「いや、どうだろう？　画家といえば男性、と皆が思い込んでいる節があるからね。まあ私もそのひとりだったのだけれど……とにかく問題ないよ、きっと」

彼は「うん、うん」と何度も頷きながら続ける。

「むしろ男性の型に嵌《は》まろうとするからいけないのかもしれない。うん、きっとそうだ。きみらしさを出せばいいんじゃないかな」

「わたしらしさ、ですか？」

「そう。まずあの眼鏡はやめたほうがいい。まったく似合っていない。それにこれからは正式な私の供、侍従として要人と接触する機会もあるだろう。そのとき、きみだとわかるように……証明できるように、顔はしっかり見えていなければ都合が悪いんだ」

彼の形のよい唇の端が緩やかに上がっていく。

「なにより、コリンヌのきれいな瞳を隠しているのは惜しい。いつでも眺めていたい」

壊れものに触れるように、そっと目元に指を添えられてどきっとする。

「昼も夜も一緒にいよう。早く私に慣れてほしい。そして、絵を描いて。世界にひとつだけの絵を」

髪の一房を取られ、くちづけられた。

口説かれているわけではないと、前にも自分を戒めたが、やはり勘違いしてしまいそうになる。胸が高鳴ってどうしようもなくなる――。

「……というか私は、女性相手に裸を描いてと迫っていたのか」

レオポルドはばつが悪そうに頬を掻《か》く。

「それはわたしが、男だと偽っていたせいなので殿下のせいでは決してございません」

「うーん、でも……きみが戸惑っていたことにもすごく納得したよ。いきなりあんなふうに裸体を晒《さら》されたら、淑女であるきみは混乱するよね。いまだって本当はふたりきりでいるのはまずいのだろうけれど……」

そう言われると、よけいに彼の存在を意識してしまう。

「こんなに心細そうにしているきみを、ひとりにはしたくない。だから……いい？　私とふたりきりになることには目を瞑ってくれる？」

甘い声に誘われるようにしてコリンヌは首を縦に振る。

「ありがとう。あと、きみに私の絵を描いてもらいたい気持ちも変わらないよ。私はやっぱりきみの描く絵が好きだから……男性だろうと女性だろうと、関係ない」

嬉しくて、また涙が滲《にじ》む。

「コリンヌは泣き虫さんなのかな？」

レオポルドは冗談ぽくそう言って、頭を撫でてくれる。

「殿下の……っ、お言葉が、ぅ、嬉しくて……！」

男装して、ひとりで張り詰めていた気持ちが一気に緩み、涙が止まらなくなる。

「かわいいなぁ、コリンヌは。きみの秘密を知ってしまったせいか……放っておけない」

頬を撫でられる。涙で視界がぼやけているせいで、はっきりと彼の顔を確かめることができなかった。レオポルドはコリンヌから少しも目を逸らさない。

彼が、なにを言うでもなくこちらを見るので、どうしたのだろうと思いコリンヌは瞳に涙を溜めたまま首を傾げる。

「……っ、すまない。なんでもないよ」

レオポルドはコリンヌからぱっと手を放して離れた。


翌日。レオポルドの執務室へ向かっているとブリュノに遭遇した。

「ご結婚おめでとうございます、ブリュノさん」

ブリュノは無表情のまま固まっている。

「ああ……リュカですか。眼鏡がないので一瞬、わかりませんでした」

「そ、そうでした。ごめんなさい、急に話しかけてしまって」

「いいえ。それよりリュカこそおめでとうございます。正式な侍従になったと、先ほどレオポルド殿下から聞きました。三日後には、私が使っている部屋にあなたが入る、とも。それで、殿下の湯浴みの手伝いはいかがでしたか？」

昨日ブリュノは湯浴みの話などしていなかったのに、突然話題を振られて焦る。

「あ、あの……ええとっ」

「……まあいいでしょう。これからもともに殿下にお仕えしてまいりましょう。私は宮殿へは通い勤めになりますが、殿下の従者ということに変わりはありませんので」

「はい。これからもどうぞよろしくお願いいたします」

コリンヌとブリュノはふたりでレオポルドの執務室へ行く。

レオポルドは、コリンヌを見るなり満面の笑みで「おはよう」と言った。彼の背後に薔薇が咲いているように見えたのは錯覚にほかならない。

正式な侍従となったコリンヌは客人扱いではなくなり、朝食は別に取った。したがってレオポルドとは今日、初めて顔を合わせた。

もっとも、レオポルドは「これまでどおり一緒に食事をしたいところだけれど、それでもしもきみが悪く言われるようなことになってはいけないから」と、申し訳なさそうに言っていた。

ふつう、侍従は主とともに食事をとらないので、こちらを慮《おもんぱか》ってのことだ。彼の細やかな心遣いが身に染みる。

「今日はリュカに宮殿の案内をしようと思う」

レオポルドが言うと、ブリュノがすかさず口を挟む。

「しかしこちらの書類がまだ――」

ブリュノは紙の束をぱらぱらと捲《めく》る。

「……決裁が終わっておりますね」

「うん、朝いちばんに片付けてしまったよ。これで文句はないよね、ブリュノ」

「はい。ですが宮殿の案内でしたら私が――」

ブリュノがすべて言い終わる前に、レオポルドはコリンヌの肩に手をかける。

「さあ行こう、リュカ」

コリンヌはレオポルドに促されるまま、逃げるように執務室を出た。

「宮殿の案内」と言っていたが、どこか目的地があって歩いているようだった。

いったん庭へと出たあと小道を通り、開けた場所に出たかと思うと、塔の中へと入っていった。いくつもの角を曲がり、階段を上ったり下ったりしながら進んでいく。

「ところで高いところは平気？」

「はい、平気です」

レオポルドは「よかった」と返してほほえむ。

そうしてかなりの高所に辿りつく。

塔の最上階は吹きさらしのバルコニーだった。ぐるりと一周できる。東西南北どの方向にもベンチが置かれていた。

宮殿を一望できるだけでなく、王都までも見渡すことができる。

「ここは私しか知らない秘密の場所なんだ。人目もないし、きみが絵を描くにはうってつけではないかと思って。……どう？」

「はい！　素敵な場所ですね！」

喜ぶコリンヌを見てレオポルドは安堵の表情を浮かべる。

「これからはいつでもここで絵を描いていいからね」

「ありがとうございます！　あ、ですが……その、ここまでの道のりを覚えきれませんでした……」

情けないことだが正直に話したほうがいいと思った。そうでなければ塔の中で迷子になって、周囲に迷惑をかけることになる。

「大丈夫。きみが覚えるまで何度だって案内する」

そんなわけにはいかないと言おうとしていると、口の前に人差し指を立てられてしまう。

「そんなわけにはって言うのは、なしだよ。遠慮しないで、コリンヌ。私はきみがのびのびと絵を描くためならなんだってしたいんだ」

勢いあまったのか、彼の指が唇にトンッと触れる。触れられた唇は瞬く間に熱を帯びた。

コリンヌは彼のほうを見ていることができなくなって俯《うつむ》く。

「さて、じゃあ本当に『宮殿の案内』を始めようかな」

道順を覚えながら塔を下る。彼はああ言ってくれたが、できればすぐにでも自分ひとりで最上階まで行けるようになりたい。

塔を出てふたたび宮殿内へ戻り、厨房《ちゅうぼう》を通りかかると、シェフと思《おぼ》しき体格のよい男性が顔を真っ赤にして瓶の蓋を開けようとしていた。ところが瓶の蓋はいっこうに開かない。すっかり困り果てているようすだ。

レオポルドが厨房に入っていくので、コリンヌもついていく。

「貸してみて」

「恐れ入ります」と言いながらシェフがレオポルドに瓶を渡す。きゅぽんっと小気味のよい音を立てて、瓶の蓋が開いた。

――すごく固そうな蓋だったのに、すごい！

シェフを含めその場にいた全員が「さすがレオポルド殿下」と感嘆する。

「どうも昔から握力だけは強くて」

レオポルドは驕るようなことはなく朗らかに笑ったあとで、コリンヌのことを正式な侍従として皆に紹介した。

宮殿内は、塔に比べて難しい造りではないのですぐに道を覚えることができた。

執務室へ戻るとさっそくブリュノにお使いを頼まれる。

宮門へと書類を届けた帰り、顔見知りの侍女たちに出会った。

「お疲れ様です」と声をかけると、侍女たちは目を丸くして棒立ちになる。

「そのお声は……リュカ様!?」

「まぁまぁ！　リュカ様ったら美少年でいらっしゃったのですね!?」

「そのような気がしておりました！　立ち居振る舞いも優雅ですし！」

「お仕事が終わられましたらまたこちらへいらしてくださいね。ぜひご一緒にお茶を」

コリンヌはすっかり気圧《けお》されて「はい」と即答した。

夕方、約束どおり侍女の休憩室でお茶とお菓子を貰《もら》ったあとで私室へと歩いていると、向かいからやってきた侍従の男性とぶつかった。コリンヌは尻餅をつく。

見間違いでなければ、侍従のほうからわざわざぶつかってきた。いったいどういうつもりなのかと問う前に答えが出る。

「ああ、小さすぎて見えなかった」

悪意に満ちた眼差しで見下ろされて瞬時に凍りつく。嫌がらせをするためにぶつかってきたのだと、すぐにわかった。

しかしいつまでも廊下に座り込んでいるわけにはいかない。

壁に手をついて立ち上がる。侍従男性ふたりはなにがおかしいのか、にやにやと笑っている。彼らは、コリンヌが侍従に取り立てられたことが気に入らないのだろう。

「没落寸前の伯爵家など、貴族と呼べたものか」

「絵しか描けない能なしのくせに、調子づいて」

本当のことだ。あまつさえ性別を偽ってここにいる。誰にどう責められても、反論できるものではない。

――けれどわたしは、殿下のおそばで頑張りたい。

レオポルドに与えられたこの機会を、無下にはしたくない。

「……失礼します」

会釈してその場を去る。幸い、追いかけられることはなかった。

コリンヌは私室に入るなり内鍵をかけ、ずるずるとその場にしゃがみ込んだ。


朝陽が顔を出す前にひとりで塔に上ったコリンヌは、冷たい空気に身を震わせた。

伯爵領にいたころは早起きして絵を描くことがしばしばあった。

――少々の寒さはどうってことないわ。

コートやブランケットは持ってきていなかったが、気にせずベンチに腰かける。

無性に絵を描きたくて仕方がなかった。

朝靄《あさもや》に包まれた宮殿はひっそりとしていて美しい。この景色をなにがなんでも絵に留めておきたくなったコリンヌは無心で手を動かす。

早朝の清浄な空気には身も心も洗われる。

やがて朝陽が昇ってきた。眩《まぶ》しさに目を細くすると、肩になにかが被《かぶ》さった。

顔を上げれば、レオポルドがいた。朝陽に照らされた彼の、輝かんばかりの笑みにしばし見とれる。穏やかで、なにもかもを包み込むような笑顔だった。

「おはよう、コリンヌ」

名前を呼ばれたことではっとして、肩にブランケットをかけてもらったのだということに気がつく。

「お、おはようございます。ありがとうございます」

肩にかけられたブランケットの端を胸元のほうへと引く。

レオポルドはコリンヌのすぐ隣に座った。

「知っていた？　私の寝室からこの塔が見えるんだよ」

それで、ブランケットを持ってわざわざ来てくれたのだろうか。嬉しいやら申し訳ないやら、複雑な気持ちになる。

「あの……殿下は、こちらへいらしても大丈夫なのでしょうか？」

コリンヌは、侍女に「絵を描きにいく」と言って出てきた。しかしレオポルドはどうなのだろう。宮殿内とはいえ王子がふらりと部屋を出てきてもよいものだろうか。

――それに、あまりわたしのそばにいらっしゃっては、殿下まで悪く言われてしまいそうで……。

コリンヌは伏し目がちにレオポルドのようすを窺う。

「心配してくれてありがとう。……このあいだは、ここは秘密の場所だなんて大きなことを言ったけれど、私がここへ来ていることをブリュノは知っているんだ。ここは私が所有している場所で、塔の入り口には衛兵もいる。その衛兵に、私ときみ以外は立ち入らせないようにと言ってある」

弓なりの眉と眉のあいだにほんの少しだけ皺《しわ》を寄せてレオポルドはほほえむ。

「秘密の場所だなんて嘘《うそ》をついて、ごめんね？」

「嘘だなんて、そんな！」

ぶんぶんと首を横に振ると、レオポルドは笑みを深めた。

「コリンヌは優しいね。でも優しすぎて心配にもなる。宮殿で辛い思いはしていない？」

「辛いことは、ございません」

半分は嘘で、半分は本当だ。

先日、侍従男性から投げつけられた悪言は辛かったが、なにか具体的な嫌がらせをされているわけではないので耐えられる。

「瞳が……少し赤い。夜はきちんと眠れているのかな」

それでも、優しい言葉を囁かれると泣いてしまいそうになる。これ以上、レオポルドに無用な心配はかけたくない。

涙をこらえて精いっぱい笑みを作り「はい」と答える。レオポルドはからかいのない表情で見つめてくる。

「もう、戻ろうと思っていたところなのです。よろしければご一緒に、塔を下りていただけませんか?」

「うん……喜んで」

彼は立ち上がり、コリンヌに手を差しだす。まるでエスコートされているようだった。

結局、レオポルドはキャンバスやイーゼルなどの荷物も持ってくれた。


朝食後。レオポルドが議会に出席しているあいだコリンヌとブリュノは議会場のそばの控え室で待機していた。

しいんと静まりかえったまま何十分も過ごしているのが気まずくなったコリンヌはブリュノに話しかける。

「ブリュノさんは、わたしたちが今朝、塔の上にいたことをご存知なのですよね」

「ええ。迷路塔《メイズ・タワー》でしょう?」

「迷路塔、ですか?」

——殿下は単純に「塔」だとおっしゃっていたけれど、そんな通り名が?

「そうです。あれを設計したのはほかでもないレオポルド殿下なのですよ。私財で建築なさいました」

「そうだったのですか!?」

「聞かされていませんでしたか。あの塔は最上階へ行くのにひどく迷うでしょう。どういうつもりで迷路塔を設計なさったのか、私にはわかりかねますが……あそこは殿下だけの憩いの場となっております。そこへリュカをお連れになったのには驚きました。……あなたは特別のようですね」

ブリュノはほほえみこそしないものの、瞳はいつだって優しげだ。嫌味などではないとわかる。

開けたままにしていた控え室の扉から見知った侍女たちがひょっこりと顔を出す。

「リュカ様！　少しよろしいですか」

手招きされたので、扉まで歩く。

「はい、なんでしょう？」

「リュカ様をあしざまに言う侍従がいるようですが、どうかお気になさらないで。皆、嫉妬しているだけです」

「そうですよ。あのような者たちの戯《ざ》れ言《ごと》は右から左に流しておけばよろしいのです！」

「ですから、決して辞めたりなさらないでくださいねっ」

侍女たちが応援してくれているのがわかって、涙腺が熱くなる。

「皆さん、ありがとうございます」

——大丈夫。わたしはひとりではない。

レオポルドも、ブリュノも、侍女たちも皆が優しくしてくれる。これほど幸せなことはない。だから、悪意のある言葉だって、きっと笑顔で乗りきれる。

ブリュノから頼まれたお使いの帰りに、ひとりで庭を通りかかったときだった。

「画家風情が調子づいて、宮殿内を闊歩《かっぽ》しているな」

以前、悪口を言ってきたのと同じ侍従男性だ。

「闊歩しているつもりはないのですが、お目に障っているのでしたら謝ります」

コリンヌは笑顔で言い返し、すたすたと歩いて角を曲がると、吹きさらしの外廊下の端に座り込んでいた男性にぶつかってしまった。

「申し訳ございません！　お怪我は――」

座り込んでいた男性には見覚えがあった。宮廷画家のアシルだ。彼は小さなスツールに座り、キャンバスに向かって絵筆を握っていた。

「怪我はないよ。それにしてもきみは……強いね。僕だったら、あんなふうに言われたら立ち直れないよ……」

先ほど侍従男性に言われた言葉はアシルの耳にも届いていたらしい。コリンヌは苦笑して話題を変える。

「橋を描いていらっしゃるのですか？」

アシルのキャンバスには木造の橋が描かれていた。

「うん。あそこはね、自殺の名所と呼ばれているらしいんだ」

「え……」

そんなところをわざわざ絵におこしているのかと思ったが、なにを描くかは画家の自由だ。口出しすべきことではない。

「この絵、どう思う？」

彼の描く絵はどこか不穏で妖しげだ。それがアシルの持ち味だとコリンヌは勝手に解釈していた。

「ええと……」

正直に言うべきか迷ったが、思ったことをそのまま伝える。

「不穏で妖しげなのですが、素敵だと思います。終末観に溢れているといいますか……」

「はは。きみってすごく正直なんだね。……ありがとう」

アシルはなにか思いだしたように「そうだ」と呟く。

「これ……あげる」

彼は袋からりんごをいくつも取りだすと、コリンヌに持たせた。

「あ、ありがとうございます」

礼を述べ、もらったりんごを両手いっぱいに抱えて執務室に戻った。

幸い執務室の扉は開いていたので「ただいま戻りました」と言いながら部屋へ入る。

「わあ、美味しそうなりんごだね。ここに置くといい」

レオポルドはコリンヌが抱えていたりんごをひとつ手に取った。

「こんなにたくさん、どうしたの？」

「アシル様からいただきました」

「アシル……というと、宮廷画家の？」

「はい」とコリンヌが返事をするのと同時にブリュノが口を挟む。

「アシル殿ですか。同じ画家同士、リュカとは気が合うのでしょうね」

ぶしゅうっという音が聞こえたのでそちらを向く。レオポルドは手に持っていたりんごを片手で握りつぶしていた。

「あれ……どうしてだろうね。リンゴジュースを作ってしまったよ」

レオポルドの右手からはポタポタと果汁が滴り落ちている。

「た、たいへんですっ」

コリンヌは慌ててハンカチを出す。

「殿下は本当に握力が強くていらっしゃるのですね」

うろたえながらも感心していると、レオポルドはコリンヌの顔を見つめながら、どこか上の空で「うん」とだけ答えた。

「リュカ。塔へ行こう」

レオポルドは羽根ペンをスタンドに戻すなりそう言った。急にどうしたのだろうと思いながらも「はい」と返事をする。

レオポルドの執務机の端には書類が山のように積み上がっていた。そのすべてが決裁済みである。ちらりとブリュノに目配せをすれば、彼は「行ってきてもよい」と言わんばかりに小さく頷いた。

コリンヌはキャンバスを片手に持ち、レオポルドとともに執務室を出て塔へ向かった。間もなく陽が沈む。

迷路塔を上りはじめる。レオポルドはなぜかずっと押し黙っている。

「この塔を設計なさったのは殿下だとお聞きしました」

「え……そうか。ブリュノから聞いたのかな」

「はい。あの……最上階へ着くまでの道のりを複雑になさったのは、なぜですか？」

ブリュノにそう聞いて以来、ずっと気になっていた。

「単純だよ。困難な道のりのほうが、最上階で見た景色に感動できると思ったから」

「なるほど……！」

「けれど皆はそれをよく思わなかったみたいだ。最上階へと辿りつく前に諦めてしまう。だからきみが、文句のひとつも言わずについてきてくれて嬉しかったよ」

「わたしのほうこそ。殿下にご案内いただけて、こうしてご一緒させていただくことができて……嬉しいです、すごく。わたしはこの場所がとても好きです」

レオポルドと一緒の回り道なら、楽しい。彼が一緒だったら、迷ってもきっと平気でいられる。彼は優しげに、まるで眩《まばゆ》いものを見るように目を細くした。

迷路塔の最上階に着く。イーゼルは置いたままのものがあった。コリンヌが伯爵家から持ってきたのとは別のものだ。レオポルドが新しく設《しつら》えてくれた。

真新しいイーゼルにキャンバスを載せ、画材の準備をする。

しばらくは黙々と手を動かしていた。

レオポルドはなにを話すでもなく隣にいて、コリンヌが絵を描くのを眺めている。

「きみは……結婚は、考えていないの？」

コリンヌは手を止めてレオポルドのほうを向く。

「はい、いまのところまったく。伯爵家を建て直せるまでは結婚など考えられません」

コリンヌがきっぱり言うと、レオポルドは「……そう」とだけ返して曖昧に笑った。

そのあとは無言で頭を垂れる。

「どうなさったのですか？」

「ああ、いや……気にしないで。どうぞ、絵を描いて？」

ふたたび静寂に包まれた。半円形の床面と、白い手すりの向こうで山間に沈みゆく夕陽《ゆうひ》を、見たまま感じたままに描く。

コリンヌは木炭をベンチの上に置くと、小さく息をついた。

「……描けた？」

「はい！　スケッチの段階ですが、ひとまずは」

レオポルドは真剣な顔でキャンバスを見つめている。

「色はまだ載っていないのに……きれいだ。この空間の特別さが表現されていると思う」

迷路塔の設計者であるレオポルドにそう言われると嬉しくてたまらない。

「光栄です、殿下」

ほほえむと、レオポルドは今度はキャンバスではなくコリンヌをじいっと見つめた。

あたりは薄暗い。それでも、レオポルドの碧い瞳は鮮烈だった。見つめられれば目が逸らせなくなる。

暗くなってきたせいで、顔を近づけなければ表情がわからない。だから、顔の距離がどんどん縮まるのだと思っていた。

鼻と鼻がくっつきそうな位置まで近づくと、かえって彼の顔が見えなくなる。ぼやけた視界の中、レオポルドが目を閉じるのがわかった。

目元に触れられたコリンヌもまた、反射的に目を閉じた。

唇と唇が重なる。そう長い時間ではなかった。すぐに離れる。

レオポルドはコリンヌを慈しむようにその両頬を手で覆った。

「きみの描く絵が好きだ。けれど絵を描くきみのことも、好きなんだ」

息をするのを忘れそうになるくらいの喜びが瞬時に込み上げてくる。

——好き？　わたしの絵と、それから……。

「わたしの、ことが……？」

信じられない気持ちと、果てしないまでの嬉しさで胸がいっぱいになる。

レオポルドは頬を赤くして頷いた。彼の頬が赤いのはきっと夕焼けのせいだけではない。

そしてコリンヌの頬もまた、茜色《あかねいろ》に染まっていた。

「私の気持ちは……迷惑かな」

彼が、窺うような視線を寄越《よこ》してくる。

「迷惑だなんて、とんでもないことでございます！」

「それは、私を受け入れてくれるのだと……解釈しても？」

コリンヌは何度も首を縦に振る。本当は言葉でもって「はい」と言いたかったのだが、うまく出てこなかった。嬉しくて舞い上がっているせいだ。

コリンヌは自身を落ち着かせるために何度も深呼吸をする。

「受け入れる、などとは……その、おこがましいくらいで……っ」

言いよどんでいると、レオポルドは嬉しそうに破顔してコリンヌを抱きしめた。

「好きだよ、コリンヌ。大好きだ」

頬にあてがわれていた彼の両手が唇のほうへするすると下りていく。

両手の人差し指と中指で唇を辿られ、どうすればよいのかわからなくなる。

ただ目を閉じればよいのだと気がついたときにはふたたび唇同士が合わさっていた。


本日は休務となっているブリュノが、赤ん坊を連れて執務室へとやってきたのでコリンヌは開口一番に「わあっ、かわいい！」と声を上げた。

「やっと連れてきてくれたね、ブリュノ」

レオポルドが言うと、ブリュノは横抱きにしている赤ん坊の顔を見せてくれる。

「はい。我が子のマノンです。生後三ヶ月です」

――我が子⁉

親戚の赤ん坊を預かってきたものと考えていたコリンヌは混乱する。

「え、えっ？　ブリュノさんはこれからご結婚なさるのですよね？」

それにはレオポルドが答える。

「ああ、うん。挙式はこれからなのだけれど、子どもは先にいたんだ」

レオポルドは執務椅子から立つと、机をまわり込みながら言葉を足す。

「淑じょ……じゃなかった、紳士のリュカには考えがたいことかもしれないけれど、市井ではそういうこともよくあるよ」

コリンヌは必死の形相でレオポルドを見つめる。

――いま、淑女とおっしゃったわよね⁉

いや、言い間違えで彼を責めるのはおかしいとわかっている。責められるべきは、性別を偽っているコリンヌだ。

レオポルドはブリュノに背を向けて困り顔でウィンクをし、口元にまっすぐ手を掲げ、声にならない声で「ごめん」と呟いた。その仕草に、胸を鷲掴《わしづか》みにされる。

――レオポルド殿下って……天然というか、かわいいというか！

自分よりも五つも年上の男性に対して失礼だが、そんなふうに思ってしまう。

レオポルドが近づいてくる。彼はコリンヌの耳に手を当てて唇を寄せる。

「ここだけの話、もしきみが宮殿へ来てくれなかったらブリュノは私の部屋と続き間になっている控え室を出ていかなかっただろう。そうしたら私はブリュノの奥方に一生涯、恨まれるところだったよ」

耳打ちされたことで彼の熱い吐息が肌に吹きかかり、くすぐったくなる。

不意に、迷路塔の最上階でキスをしたことを思いだしてしまい、コリンヌはなにも言葉を返すことができなかった。

ひそひそ話をするコリンヌとレオポルドには目もくれず、ブリュノはマノンに夢中だ。

「歳を取ってからできた子だからか、とてつもなくかわいいです」

ふだんと変わらぬ強面でブリュノが呟いた。

「歳って……きみはまだ三十五じゃないか」

ブリュノはコリンヌが思っていたよりもだいぶん若い。

――いつも落ち着いていらっしゃるから、そう見えるのかも。

コリンヌがそんなことを考えていると、レオポルドは両手を広げてブリュノに近づいた。

「さあ、ブリュノ。私にも抱かせて」

ブリュノがちょっと嫌そうな顔をしたように見えたのは、気のせいだろう。

レオポルドはマノンを抱くなり「よしよし」と言ってあやす。

「リュカも抱いてみますか」

「よろしいのですか？」

「もちろんです」

レオポルドがマノンを抱いてからまだ数分も経《た》っていないが、よいのだろうか。

「殿下、マノンをリュカにお願いいたします」

「わかった」

コリンヌはそっとマノンを抱く。

温かくて柔らかい。泣きもせずにじいっとこちらを見ている。なんて愛らしいのだろう。

マノンは眠かったのか、コリンヌの胸に顔を埋めて目を瞑った。

胸には晒を巻いているが、他の男性よりは膨らみがあるので、胴にもタオルを巻いて体の線を太く見せていた。それが、マノンには心地よかったらしい。マノンはコリンヌの胸ですやすやと眠りはじめる。

「いいなぁ……」

レオポルドがぼやく。

「えっ?」

コリンヌが顔を上げると、レオポルドは我に返ったようすで目を瞬かせた。

「な、なんでもないよ。さあ、仕事仕事……っ。休務なのはブリュノだけだからね」

彼は頬を掻きながら執務椅子に腰かけて羽根ペンを手に取る。

「あの……殿下。羽根ペンが逆さまです」

コリンヌが指摘すればレオポルドは短く「え」と言い手元を見る。白い羽根の部分で文字は書けない。

「……本当だ」

レオポルドは恥ずかしそうに片手でくるりと羽根ペンをひっくり返した。

ブリュノがマノンとともに帰ったあと、コリンヌとレオポルドは宮殿の庭で催される茶会に出席した。厳密にはコリンヌは、茶会に参加するレオポルドの付き添いだ。

侍従として参加するのでコリンヌは着席せず、レオポルドのそばに立っていた。彼は外国の要人と話し込んでいる。

「やあ」

唐突に話しかけられて驚きながらも声がしたほうを見る。

「クリストフ殿下。ごきげんうるわしゅう」

コリンヌは紳士の最敬礼をする。

リティルエ国王太子でありレオポルドの兄でもあるクリストフとは顔見知りになっていた。レオポルドやブリュノに頼まれてよくクリストフの執務室へ書類を届けにいっている。

「少し話をしないか。きみも座るといい」

「ですが……」

ちらりとレオポルドのほうを見る。彼は依然として外国の要人の相手をしている。

「レオはしばらく動きそうにない。少しのあいだなら平気さ。ほら、こっちだ」

クリストフに促されるまま、庭の端へ移動する。

小さめのテーブルを囲み、コリンヌとクリストフは並んで座った。侍女は二人分の紅茶を淹れると、低頭して離れていく。

「レオのもとで働くのは楽しい？」

「はい。おかげさまでとても楽しいです」

するとクリストフは嬉しそうに笑った。

「あの子はいつでも、他者に寄り添おうとする。相手がどんな気持ちで、なにを思うのかよく考えている。だから、貴族だけでなく民衆にも人気があるのだろうね。レオは宮殿の外へ出ることを制限されなかったから、昔からよく外遊に行ってさまざまなことを見て、聞いてきた」

クリストフは紅茶を啜ったあとで言葉を続ける。

「私としては、その経験を生かしてもっと国政に携わってもらいたいのだがね。議会では人の発言に対してやんわりと賛否を述べるばかりで、自分の意見を言おうとしない」

ティーカップをソーサーに戻すと、クリストフはレオポルドのほうを眺めた。

「騎士団長をしているすぐ下の弟は、脳まで筋肉でできているような男だから政には向かない。だからレオには、もっと私の力になってもらいたいと思っている」

「そうなのですか……」

相槌を打つと、クリストフはレオポルドと同じ金髪を揺らして笑った。

「……と、こんな話を一介の侍従であるきみにしても仕方のないことだがね。なぜか話してしまったな。レオがきみのことは一目置いているようだから、かな。……おや、あの子がこっちを見ているね。そろそろ戻ったほうがいい」

「は、はい。失礼いたします」

コリンヌは慌てて席を立ち、レオポルドのもとへ向かう。

レオポルドはなにか言いたげにこちらを見ていたが、すぐにまた別の要人に話しかけられたため、コリンヌにはなにも言わなかった。

茶会の帰り。執務室へと戻る廊下の角で、コリンヌは壁際に囲い込まれてしまう。

「え、ええと……殿下？」

「庭のあんなに端っこで、兄上となにを話していたの？」

レオポルドはほほえんではいるものの、どことなく怒っているようだった。

「クリストフ殿下は、レオポルド殿下に……もっと政に関わってほしいとおっしゃっていました」

「ふうん。それだけ？」

訝《いぶ》かしげな顔をして、レオポルドはコリンヌの頬を指ですりすりと擦る。

「はい。それだけ、です」

「口説かれていたわけではないんだね？」

「まさか、そんなことありえません。わたしは男性として振る舞っているわけですし……あ、あの、ですから殿下、いつ誰が通るかわかりませんのでっ……」

コリンヌはきょろきょろとあたりのようすを窺う。

「こんな状況では、誤解されてしまう？」

レオポルドはコリンヌの反応を面白がるように笑みを深める。

「わたしのせいで殿下が悪く言われてしまうようなことになっては、いけませんから」

「私だって、きみが悪く言われるのは嫌だよ」

そう言うなり彼は名残惜しそうにコリンヌから離れた。

「きみが私の隣室へ移ってくる今夜を楽しみにしているよ」

意味ありげな笑みを目にして、胸がどきりと音を立てた。

そうして夜になる。

レオポルドの寝室と続き間になっている控え室へ荷物を移動する。荷物を運び終わると、レオポルドの寝室へ続く扉が向こう側からノックされ、彼の声が響いた。

「荷物の整理はもう終わった？　なにか手伝えることがあったら言ってほしい」

コリンヌはすぐに扉を開ける。

「ありがとうございます。ですがすべて終わっておりますので！　それよりも殿下はワインを飲まれますか？　それとも湯浴みを？」

「ん……」

彼はどういうわけか口に手を当てて頬を赤くしている。

「ワインを、飲もうかな。けれどその前に……コリンヌはもう男装を解いてもいいのではない？」

かつらを外され、手櫛で髪を乱される。長い黒髪が背に広がった。

「服のほうは……」

レオポルドはコリンヌの胸元をじいっと見つめている。

「服はこのままでけっこうですので！　わたしはまだ仕事中ですから……っ」

「仕事……」

不満そうにそう呟くレオポルドをよそに、コリンヌは彼の寝室に入ると、ワインボトルのコルク栓を外し、グラスをローテールブルの上に置いてワインを注いだ。

「コリンヌ、もっと私の近くに」

「……？　はい」

テーブルを挟んで向かいにいたコリンヌだが、言われるまま彼に近づく。

「座って」

レオポルドの隣に腰を下ろす。

「違うよ、ここに」

彼は自身の膝の上をぽんぽんと叩《たた》いている。

「い、いえ、殿下のお膝に座るなんて……不敬にあたります」

「きみはいま仕事でここにいるのだよね。だったら、私の膝の上に座るのは命令だ」

ごく穏やかな顔でレオポルドが言い放つ。

初めて向けられた、強い言葉。ところが抵抗感はない。それどころか甘い響きに思えてくるのはなぜだろう。

「は、はい……」

どきどきしながらレオポルドの膝の上に横向きに座る。レオポルドが嬉しそうに笑う。そっと腰を抱かれた。

「コリンヌは軽いね」

レオポルドはコリンヌを抱き込んだままワイングラスのステムをつまみ、酒を呷る。ワインの芳醇《ほうじゅん》な香りが漂ってくる。それほど近くに彼の顔があった。グラスはあっという間に空になる。

「殿下……このままではワインを注ぐことができませんので……」

暗に「もう下ろしてほしい」と伝えたつもりだったがレオポルドは「そうだね」と相槌を打つだけで、コリンヌを放そうとしない。

「ワインのおかわりは、要らないよ。きみがここにいてくれれば、それで」

より強く抱き寄せられ、どぎまぎする。

顔を上げることができずに彼の胸元ばかりを見ていた。

「こっちを向いて」

頭上から降ってきた低い掠れ声に誘われるようにして上を向くと、後頭部に片手をあてがわれた。

魅惑的なサファイアの瞳が近づいてくる。

唇が甘やかに押し重なる。ワインの香りが鼻から抜けた。酒を飲んだときのように耳まで熱くなる。

「……仕事中なのに、キスしてしまったね？」

レオポルドは口の端を上げて笑う。

「申し訳、ございません……」

コリンヌは頬を赤くして視線をさまよわせる。

「きみが謝る必要なんてないよ。私が強引にしたのだから」

頬から首、胸元へと彼の指先が下りていく。コリンヌはびくりと肩を揺らした。

「湯浴みの手伝いは、しなくていいよ」

急に言われ、きょとんとする。

「えっ？　ですが……」

「ひとりで本当に大丈夫だから。ああ、でも……きみも一緒に裸になって入ってくれるというのなら、大歓迎だ」

「ひぇっ!?」

つい悲鳴じみた声を上げてしまう。するとレオポルドは一瞬だけ顔を引きつらせた。

「……冗談だよ。安心して。さあ、もう自分の部屋へお帰り」

レオポルドは渋々といったようすでコリンヌを手放す。

「本音を言うと、まだ帰したくはないのだけれど……これ以上、一緒にいてはきみを困らせることになりそうだから」

彼はわざわざソファから立つと、続き間への扉まで送ってくれた。

依然として熱を帯びている頰にキスを落とされる。

「おやすみ、コリンヌ」

コリンヌは、彼の唇が触れた頰を押さえながら、小さな声で「おやすみなさい」と返した。


休日、コリンヌはレオポルドに付き添って孤児院を訪ねた。

「レオ殿下だ！　わーい、わーい！」

「これ、あなたたち！」

子どもたちは白髪頭の院長に咎《とが》められている。

「気にしないで、院長。こうして気軽に声をかけてもらえるほうが嬉しい」

レオポルドが擁護すると、子どもたちはますますはしゃいだ。

「あれっ、あの怖い顔のおじちゃんはいないの？」

ブリュノのことだろう。今日は彼は城にいる。ブリュノが『怖い顔のおじちゃん』と称されているのがなんだかおかしくて、自然と頬が緩む。

「このお姉ちゃんはすごくかわいいね！」

コリンヌはぎくりとして身を強張らせる。

「あー……お姉ちゃんではなく、お兄ちゃんだよ」

レオポルドは膝を折って、笑顔で子どもたちに話す。彼に嘘をつかせてしまったことが申し訳なくなる。

「えーっ、そうなの？　こんなにきれいなのに⁉」

「うん、きれいだよね。それにこのお兄ちゃんは画家でね、絵を描くのがとっても上手なんだ」

嬉しそうに――どことなく自慢げに――レオポルドが言った。褒められて嬉しいものの、今度は気恥ずかしくなった。

「ねえ、レオ殿下とお兄ちゃん！　こっちこっち」

子どもたちにせがまれるまま、ふたりは孤児院を出て外へ行く。

「ここにね、絵を描けるんだ！」

いまはもう使われていない建物の壁に、皆で絵を描くことができるのだそうだ。

「緑と黄色の絵の具を増やしてくれてありがとう！　たくさん描けるようになったよ！

「ねえ、一緒にしよう！」

絵の具まみれになりながら、子どもたちと一緒に壁に絵を描いていると、院長がやってきた。

「お兄ちゃん、本当に絵が上手！　いいなぁ、私も画家になりたい！」

女の子が言うと、院長がすかさず「画家には男性しかなれないのよ」と諫《いさ》める。

「……っ」

コリンヌは口を開けたものの、言葉が出なかった。女の子を励ましたいが、口先だけでは意味がない。

――わたしは、この子に希望を与えられない。

男性だと偽って画家をしている自分が大きなことを言えるはずもない。

院長が、ほかの子どもに呼ばれて席を外す。

ふと、レオポルドが唇を噛《か》んで険しい表情をしていることに気がついた。いつもにこやかな彼だから、そういう顔は珍しい。

「画家になれなくても、もっと絵のことお勉強したいな……」

女の子がぽつりと言った。

「わたしでよければ、教えましょうか」

コリンヌはそう言ったあとで「あ、でもお時間が」と、レオポルドの予定を気にする。

「大丈夫。時間は気にせずに教えてあげて。今日は休日なのだから。ありがとう——」

レオポルドは声には出さず何事か呟いた。口の形が「コリンヌ」と言ったように思えた。子どもたちしかいないとはいえ人前だから「コリンヌ」と呼ばれるのはまずい。それでも彼が——声には出さずとも——本当の名を口にしてくれたのが嬉しくて、胸がいっぱいになった。

孤児院から宮殿へ戻ったコリンヌは庭で絵を描き、キャンバスを抱えて私室へ戻る途中、侍女たちの休憩室前を通りかかった。

「ああ、リュカ様！　ご存知かしら？」

「なにがです？」

「来週はサンクス・クッキーデーがあるのですよ！」

なんでも、意中の異性にクッキーを渡すというイベントらしい。おもに女性から男性へと渡すのが慣例だが、近年では男性から女性へと渡すことも多々あるのだとか。

侍女のひとりがさらに詳しく説明してくれる。

「クッキーの包み紙には必ず相手の名前を直筆で書きます。贈りたい相手は意中とまではいかずとも、お世話になっている方へ渡す場合もあります。そしてクッキーを渡された異性は、必ずなにかお返しをしなくてはなりません。リュカ様でしたら、なんになさいますか？　お返しはお菓子ではなく、手作りのなにかでもよろしいのですよ！」

侍女たちは興味津々といったようすで目を輝かせている。

「え、ええっと……ではわたしの場合は絵手紙、でしょうか」

特技といえば絵を描くことだけ。刺繍《ししゅう》も裁縫も不得意だ。

「まぁまぁっ！　それは素敵でございますね！」

満面の笑みになる侍女たちにつられて、コリンヌもまたほほえんだ。


サンクス・クッキーデー当日。陽が沈んだあとのこと。

包み紙に『リュカ様へ』だとか『ベルナール殿へ』と書かれた大量のクッキーを持って、コリンヌは廊下を歩いていた。

侍女たちだけでなく同僚の侍従の何人かから、クッキーをもらった。ありがたいことだ。

さまざまな色の包み紙を抱えて私室に戻ると、扉の前でレオポルドに会った。

「……凄まじい量だね」

彼は笑ってはいるものの、どこか冷めた雰囲気だった。両手が塞がっているコリンヌの代わりに扉を開けてくれる。

「ありがとうございます。クッキーは、殿下のほうがたくさん、いただかれていたように思います」

彼の執務室へ届けられたクッキーはテーブルを埋め尽くさんばかりだった。

「私のは、義理だよ」

レオポルド宛てに贈られてきた大量のクッキーの中に、コリンヌが絵付けをしたものも交ざっているのだが、彼は気がついていないようすだ。

――けれどいまさら、わたしからお贈りしたぶんもありましたよ、なんて……。

おこがましい気がして、言えなかった。

「……義理、ですか。でしたら、わたしがいただいたぶんもきっとそうです」

「どうかな」

レオポルドは周囲を見まわして誰もいないのを確認すると、コリンヌの肩をそっと押して部屋の中へと入った。

彼が内鍵をかけたので、なにか内緒話をするのだろうとコリンヌは思った。

クッキーをそっとテーブルの上に置く。

「そのクッキーの数だけ……皆がきみを欲しがっているのだと思うよ」

「わたしの描く絵でしょうか？」

お返しに絵手紙を描くと公言していたので、もしかしたらそれでこんなにたくさん貰えたのかもしれない。

レオポルドはコリンヌの言葉を肯定も否定もせず、眉根を寄せて笑う。

「はい、これは私からきみに」

ピンク色の包みを差しだされた。コリンヌはすぐに「ありがとうございます！」と礼を述べてクッキーを受け取る。

「……私だって、喉から手が出そうなほど欲しい」

いつになく真剣な眼差しでじいっと見つめられている。

――そんなに絵手紙を欲しがってくださるなんて！

「はい！　どのような絵にいたしましょ――」

続きは紡げない。唇を塞がれてしまったから。

「う、んっ……!?」

これまで交わしてきたものとは比べものにならないほど長い時間、唇を合わせていた。角度を変えながら、何度もねっとりと唇を食《は》まれる。

「私と……秘密の恋人になろう？」

唇が離れるころにはすっかり息が上がっていた。頭がぼうっとしている。

「いまはまだ、誰にも秘密。私だけが……きみがこんなにも愛らしいと知っているのと同じように」

耳のすぐ下をちゅうっと強く吸われ、小さな痛みが迸《ほとばし》るものの、心地がよい。

「秘密にしておきたいのに、きみは私のものだとふれまわりたい気持ちもある」

レオポルドはコリンヌの首に顔を埋めたまま告白する。

「ずっと我慢してきたけれど……もう、耐えられそうにない」

そっと顔を上げた彼は、苦しそうな表情をしていた。

「きみが欲しい。コリンヌの、すべてが」

彼がなにを言いたいのか、そういった知識を持ち合わせていないコリンヌでもわかった。

求められていることに喜びと戸惑いを覚え、心臓が早鐘を打ちはじめる。

「……だめ？」

碧い瞳が小さく揺れる。捲《まく》し立てるような眼差しだった。

熱っぽく、それでいてどこか不安げな表情に惹きつけられて、目が離せない。

「殿下……」

「レオポルド」

まるでそう呼んでほしいと言わんばかりの口調だ。

「レオ、でもいいよ。……ベッドの中でだけ、こっそり呼んでくれるのでも」

――ベッドの中。

とたんに顔が火照り、心地のよい焦燥感に襲われた。

「みんなには、内緒で……ね。私たちだけの秘密だ」

どんどん『秘密』が増える。

危うさを孕《はら》んだそれは、まるで甘い蜜のように、心の中に溜まっていく。

「ねえ、コリンヌ。答えを聞かせて。『はい』か『いいえ』の……どっち？」

彼にすべてを捧《ささ》げる覚悟があるのか、ないのか。

自分の中で、答えはもう出ている。コリンヌは虫の鳴くような声で「はい」と言った。

「わたし……レオポルド様のことが、好きです」

――わたしだって、レオポルド様がクッキーを貰っていらっしゃるのを見て嫉妬したわ。

自分だけが彼を独占したいと思っている。そんな立場にはないとわかっているのに。

コリンヌの中にある気持ちのすべてはわからずに、レオポルドは幸せそうに相好を崩す。

「コリンヌ……ッ」

切羽詰まったような声で呼びかけられた。性急なくちづけに見舞われる。

押されるようにしてシングルベッドに倒れ込んだ。

ベッドの上なので頭をぶつけたとしても痛くなかっただろう。しかしレオポルドはコリンヌの後頭部に、守るように手をあてがっていた。

彼は悩ましげに息をつき、コリンヌの髪を本来の長さへと変える。真っ白なシーツの上に広がる黒髪を、レオポルドが人差し指で辿っていく。

「普段は隠されているこの艶やかな黒髪も……私のものだ」

そう言うなりレオポルドは黒髪の一房を掬《すく》いとってくちづけた。

独占を示唆する言葉と仕草に胸を締めつけられる。

──そんなふうに思ってくださるなんて。

嬉しさで自然と笑みがこぼれる。

レオポルドもまたほほえむと、その唇の形のままコリンヌにくちづけた。

「ん……」

ふたりともが息を漏らす。甘やかなくちづけで身も心も快く痺《しび》れる。

「……ふ、っ……」

詰め襟のボタンが外されていく。いまは目を瞑っているので直接それを見たわけではない。感覚でそうだとわかった。

コリンヌは伯爵令嬢だが、着替えはひとりでしていたため、こうして誰かに服を脱がされることに慣れていない。

まして異性に──好きな男性に──そうされるのはとてつもなく恥ずかしかった。

「ふ、ぅ……レオポルド様……」

唇が離れたので呼びかければ、レオポルドは「んん？」と唸《うな》るような返事をしながらコリンヌが着ている服の襟を左右に開く。

「侍従服の下には晒だけ？」

「あまり厚みが出てはいけないかと……思いまして……」

「……そうかもしれないけれど、無防備だよ。ほら」

胸に巻いている晒の上端を指でくいっと引っ張られる。

「きゃっ⁉」

レオポルドはなおも晒の中に指を入れて言う。

「悪い男にこんなふうに乱されないか……心配だよ」

晒はどんどん緩む。胸が本来の膨らみを取り戻していく。

とうとう晒の隙間から薄桃色の突起が顔を出す。

胸元が乱れたコリンヌを見下ろし、レオポルドは恍惚とした表情で息をつく。

「こんなに扇情的なんだ。理性なんて、保っていられなくなる」

緩んだ晒から垣間見えている胸の蕾《つぼみ》をそっと指で押される。

「ひぁっ……！」

ぴりりとしたなにかが手足の先まで駆け抜けた。レオポルドが胸の尖《とが》りを押すたびにそれが全身に駆け巡る。

快感なのだと気がつくころには、胸の蕾はふたつとも彼の人差し指であらゆる方向に踊らされていた。

「ふぁ、あっ……あぁ」

これまで発したことのない甘い声が口から出てくる。こらえたいのに、できない。自然と腰が揺れはじめる。

艶《なま》めかしく身を捩るコリンヌを見てレオポルドは眉根を寄せる。

「本当に……たまらない」

レオポルドは倒れ込むようにコリンヌの胸に顔を埋める。

「ずっと、こうしたかった。……赤ん坊のマノンが羨ましかった」

胸元で話をされるとくすぐったい。彼が息を吸うのがわかる。

「柔らかくて、いい匂いがする」

全身がかあっと熱くなる。

「きみのすべやかな肌をもっと感じたい。晒はすべて取ってしまうよ」

胸に巻つけていた白い布をするすると引っ張られた。

晒は彼の手によってどんどん巻き取られていく。胸を守っていたのはその白い布だけなので、あっという間に乳房が露わになる。

「あ、あの……う、うぅ……」

彼の言うとおり、ひどく無防備だったといまさら実感した。

侍従服は前が開いているだけで、いまだに袖は通したままだ。男性物の服を着ていながら胸を晒していることが、ひどく背徳的に思えてくる。

レオポルドはコリンヌの乳房を見つめて両手を伸ばす。

「ひゃっ……！」

胸を鷲摑みにされぐにゃぐにゃと揉みしだかれれば、耳まで熱くなってくる。

「……恥ずかしい？」

コリンヌは素直に何度も頷く。そうすれば、恥ずかしいことをやめてもらえるのだと信じて。

「ごめんね。でも、やめてあげられない。恥ずかしそうにしているコリンヌも、すごくかわいい」

言いながら、レオポルドは膨らみの先端をつんっと指で弾《はじ》いた。

「ふ、ぁあっ」

体がびくりと上下する。コリンヌの反応を愉《たの》しむようにレオポルドは執拗《しつよう》に薄桃色の棘《とげ》を上下に嬲《なぶ》る。

「ここ……硬くなってきた」

低い囁き声に、羞恥心が膨れ上がる。

「ぁ、わ……わたし……ん、んぅっ……」

レオポルドの顔を見ていることができなくなって目を伏せる。

すると彼は胸飾りをつまんだまま、もう片方の手でコリンヌのトラウザーズを引き下げた。

突然のことに驚いていると、レオポルドはコリンヌの下半身を見て呟く。

「下着も……相変わらず男性用をつけているんだね」

「は、はい。ドロワーズですと、フリルが邪魔なので……ぁ、あのっ？」

さも当然のごとくレオポルドが下着を脱がせにかかるので、コリンヌはつい彼の手を摑んでしまう。

「だめだった？」

悪びれたようすもなく彼がほほえむ。

「見たいんだ。きみの秘めやかな箇所も、すべて」

胸の蕾をつまんでいた彼の指に力がこもる。

「それに……ここを私に晒してくれなければ、きみを手に入れられない」

彼の右手に摑まれていた下着が、足先のほうへとずれていく。

「しっかりと繋《つな》ぎとめたい。きみがどこにも行かないように。誰にも盗《と》られないように」

「……っ！」

感激してなにも言えずにいると、下着とトラウザーズが靴と一緒に足先から抜けた。

いっそ上着も脱いでしまいたいが、両手で胸や下半身を隠すのに手いっぱいだ。

「隠しきれていないよ？　特にこっちのほうは」

レオポルドはくすりと笑って、胸を隠そうとしているコリンヌの手首に触れる。

親指をコリンヌの手の内側――胸とのあいだ――に挿し入れそのまま薄桃色の棘を擦る。

「んぅ、うぅ……っ」

「コリンヌは隠すのが上手じゃないみたいだ」

男装のことを言っているのか、それともいまのこの状態を言っているのか、どちらともつかない。

とにかくレオポルドは楽しげだ。

ちゅっ……と、軽く触れるだけのキスを落としてレオポルドはコリンヌの足の付け根へ手を忍ばせる。

「あ、ぁっ……う、そこ……は……」

「ここは?」

続きを促されても、言葉が出てこなかった。

足の付け根の秘めたる箇所を指で辿られれば、なにを言いたかったのかわからなくなる。

羞恥心で頭の中が真っ白になる。いっぽうで、この上ない快さが全身に広がっていく。

レオポルドの指が淫唇を優しく撫で摩《さす》る。しだいに指は割れ目の内側へと沈み込んでいく。

「ひぁ、あぁあっ!」

花芯に指が届いた瞬間、それまでの比ではない圧倒的な快楽が湧き起こる。

高い声を上げるのが恥ずかしいはずなのに、止まらなくなる。

なかった。

「悦《い》いの？　コリンヌ」

その問いには答えられない。良いか悪いかといえば明らかに前者だが、それどころではなかった。

「あっ、ぁっ……そんな、ぁ……あぁっ！」

そっとつつかれるだけでも気持ちがよかったのに、指でつまみ上げられて上下左右に揺さぶられている。

身を捩りながら、強すぎる快感を外に逃がそうとするものの、初めての享楽を前にしてうまくできない。

ひどく興奮して息が上がってくる。指が蜜口を掠める。

「ふ、ぁっ……」

ぬめりを帯びた指が花芯のほうへと戻ってくる。素早く擦り立てられている。

「や、あぁっ、あっ……！　なにか、おかし……ぃ、あ、あぅうっ……！」

わけがわからなくなるほどのなにかが、駆け上がってくる。

手や足のほんの先端まで熱くなって、体の中でなにかが大きくうねり、そして爆《は》ぜた。

コリンヌは、はあはあと肩で息をする。

「達しているきみも、かわいすぎて……私は、もう」

言葉を切ると、レオポルドは自身のトラウザーズの前を寛《くつろ》げた。

引き下ろされた下穿《したば》きから出てきた雄の象徴を目のあたりにしてコリンヌはしばし固まる。

——これは、なに？

男性の裸体画は、淑女だからという理由で見たことはないものの、その箇所に男性器が
あることくらいはわかっていた。

ただ、こんなにも長大で猛々《たけだけ》しく上を向いているものだとは、露ほども知らなかった。

なにもかも麗しいレオポルドには似つかない一物《いちもつ》を凝視していると、彼は困ったように
ほほえんだ。

「この部分を描いて、とは言わないから……そんなにまじまじと見なくても、いいよ？」

「そっ、えっ……!?」

コリンヌはひどく狼狽《ろうばい》する。

——てっきり、男性器も描くものだと！

女性の裸体が描かれた絵は何度か見たことがあった。なにひとつ包み隠さずに描かれて
いたものだから、レオポルドも完全なる裸体の絵を望んでいるのだと思っていた。

「もしかして、描きたかった？」

恥ずかしそうに、しかしからかうような調子で問われ、頭から湯気が出そうなほど羞恥
心を煽《あお》られる。

肯定も否定もできずにいると、レオポルドはますます笑みを深めた。

「コリンヌの気持ちは嬉しいけれど……無理、だと思うよ。この状態になってしまったら、一刻も早くきみの中に入りたくてたまらないから」

レオポルドは赤い頬のままコリンヌの両足をそっと開く。

――わたしの中に、入る……。

蜜のようなものが溢れている箇所に、彼の雄大なそれが入る。それが男女の営みなのだと初めてわかる。

――は、入るの!?

「コリンヌは、破瓜《はか》が痛むものだと知っている？」

「えっ……？」

きょとんとするコリンヌを見てレオポルドは苦笑した。

「そのようすでは、知らなかったんだね。……やめておく？」

切なそうな眼差しだった。やめてと言えばきっと、留まってくれるのだろう。レオポルドはいつだって優しく、こちらを慮ってくれる。

――でもレオポルド様はさっき……。

「この状態になってしまったら、中に入りたくてたまらない」と言っていた。

――それって、もう我慢がきかないということなのよね？

現にレオポルドはとても辛そうだ。眉根を寄せ、口を半開きにして息をしている。苦悶《くもん》した表情だというのに情欲に満ちていて、コリンヌは下腹部がドクッと疼くのを感じた。

「あの、わたしは平気……ですから、ええと……。どうぞ、わたしの中に……！」

とんでもない発言をしてしまったのではないか。そう気がついたときには、レオポルドの切っ先は蜜口にあてがわれていた。

「ああ、そんなふうに言うなんて……コリンヌ、だめだよ」

レオポルドはいまにも泣きだしそうな顔になって言葉を絞りだす。

「だ、だめ……でしたか？」

「……いや。だめじゃ、ない」

彼が腰を前へと動かす。逞しい陽根が狭道へと潜り込む。

ほんの少し沈んだだけでは、痛みはなかった。

ただ、圧迫感は凄まじい。彼に押されて体がベッドヘッドのほうへとずれそうになったが、レオポルドが腰元をしっかりと手で支えていたので、ベッドの柵に頭をぶつけるようなことにはならない。

「もっと奥に……進むよ」

優しく、それでいて切羽詰まったような声が耳に心地よかった。

コリンヌは静かに頷く。これ以上、奥があるのか疑問だった。これほど大きな彼のものを、自分はきちんと受け入れられるのだろうかと不安になった、そのとき。

「――……っ‼」

突如として訪れた痛みに言葉を失う。

瞬時に悲痛な面持ちになったコリンヌを見てレオポルドは「すまない」と口にした。

「痛む……よね」

そういうレオポルドのほうこそ、苦しそうな声だった。彼は微動だにせずコリンヌを注視している。

まるで内側を引き裂かれたように、ずきんずきんと痛む。それでもコリンヌは涙をこらえ、レオポルドの頬に両手をあてがった。

「だい、じょうぶ……です、から」

まだ彼のものを半分も収めていない。

――すべて、受け入れたい。レオポルド様がわたしのすべてを求めてくださるのと同じように、わたしも……。

彼のすべてが欲しいと思った。繋《つな》ぎとめて、誰にも盗られたくないのはコリンヌもまた同じだったが、それを大きな声では言えない。

――わたしはレオポルド様の婚約者でもなんでもないわ。

ふたりだけの秘密の関係。それでも、いまここにいる彼が、欲しい。

覚悟を秘めたコリンヌの琥珀色の瞳に吸い寄せられるように、それでいて慎重にレオポルドは腰を押し進める。

「ん、んっ……う」

剝《む》きだしのままになっていた乳房の先端を指でつままれる。ゆっくりと捏《こ》ねまわされれば、破瓜の痛みは不思議と和らいでいった。

雄物が最奥に達するころには痛みは完全に消え去り、彼とひとつになっている歓《よろこ》びばかりが満ちあふれる。

「コリンヌ……」

体の具合を窺うような視線を向けられた。

「痛みはもうありません」

そう告げると、レオポルドはほっとしたようすでほほえむ。

彼の長大な雄根を最奥まで収めきることができた。それだけでコリンヌは達成感を覚えていた。だから、まだ先があるのだとは——これからが本番なのだとは——思いもしない。

「レオポルドさ……ま、あぁっ……⁉」

がくんっと視界が揺らぐ。レオポルドが腰を前後しはじめる。

「んん？　なぁに、コリンヌ。……きみの中はすごく気持ちがいいよ。……コリンヌは？　悦く、ない？」

「いっ、あ……ぁっ、んんっ！」

なにか答えようにも、ひっきりなしに内奥を揺さぶられているので言葉を発することができない。

「ここ……この美味しそうな薄桃色の先端は、さっきよりももっと硬くなってる」

呟きながらレオポルドは指で繰り返し胸飾りを弾く。

「あ、あぁっ……レオポルド、様……！」

なにもかもが熱い。彼の指先も、体内に埋まっている楔《くさび》も。

コリンヌは初めての歓びに溺れながら、彼と深く繋がっていることを確かめるように、何度もその名を呼ぶ。

呼応するように、レオポルドもまた「コリンヌ」と呼び返してくる。

それから、まるで内側の形を探るようにぐりぐりと楔を押しまわされた。

「あっ、あぁ……ふ、あぁっ」

猛々しい雄棒に媚壁をくまなく突かれる。

「きみの内側がどんな形で、どんな状態になっているのか……感じる、よ」

自分でも知らない蜜壺の形と状態を、彼が把握していることが恥ずかしくて、嬉しい。

――わたし、本当にレオポルド様のものに……。

胸を締めつけられる。すると彼は「んっ」と呻《うめ》き声《ごえ》を上げた。

「どうなさったのですか?」

おずおずと尋ねれば、レオポルドは頬を赤くして「うん」と返した。

「きみの中が……締まったから。コリンヌはいま、なにを考えていたの?」

「えっ……ええと……」

あなたのものになったことが嬉しい。そう答えればよいものを、羞恥心に邪魔をされて言葉が出ない。

「教えて、コリンヌ」

レオポルドは楔を最奥に押しつけ、淫らに催促してくる。

「ふぁ、あ、あっ……!」

奥処を突き破られてしまうのではないかと思うほど、彼の楔は存在感を放って蜜壺を穿《うが》つ。

「わ、わたし……レオポルド様……の、もの……に……ん、あぁ、う……っ」

彼は話をさせる気があるのかないのか、口を半開きにして頷きながらコリンヌの乳房を左右に揺さぶった。

「コリンヌ……っ、ん……話して、いい……よ」

レオポルドが気持ちよさそうに瞳を潤ませて、それでいて大真面目な顔をしてそう言うので、ますます言葉に詰まる。

「んっ、また……コリンヌ――」

レオポルドは大きく口を開けて息をつき、コリンヌの胸の蕾を二本の指で挟んで捏ねる。

「はぁ、ごめん……コリンヌ。きみの話……ちゃんと聞きたいって思ってる、けれど……どんどん、触りたくなる」

眉根を寄せて、彼は指の動きを速くする。

薄桃色の棘は彼の指に挟まれて小躍りしている。

レオポルドの「触りたい」欲求は胸の蕾だけに留まらない。彼の右手は腹部を撫でて伝い下り、繋がっている部分のすぐ上までやってきた。

「あ、ぁ……そこ……や、あぁっ……」

胸の蕾と同じように、指の腹で花芽を捏ねまわされる。全身が快い悲鳴を上げて、大きく弾む。

快感に押されて想《おも》いが溢れてくる。羞恥心は外へと押しだされる。

「わたし……う、嬉しくて……！　レオポルド様の、ものに……なった、ことが」

彼の動きが一瞬だけ止まった。

「コリンヌ……！」

レオポルドは官能的に顔を歪《ゆが》ませて、あらゆる動きを再開する。

「そう、だよ。きみは……私だけの、愛らしい画家――」

楔の抽送が激しさを増す。目の前が霞《かす》みがかって見えるほどだった。揺さぶられて、穿たれて、捏ねまわされて、なにもかもが高みを目指して昇っていく。

「ひぁ、あぁ、あっ——‼」

コリンヌの絶叫とともにレオポルドは楔を引き抜いて精を放った。

「あ……」

腹部に散った白濁を、コリンヌは荒い息で見つめる。どろりとした生温かなそれを、凝視するのと同時に、たとえようのない喜びが全身を駆け巡った。

視界を覆うように、レオポルドは身を乗りだしてコリンヌにくちづけた。

第三章　男装の画家令嬢は王子殿下と秘密の恋人になりました

レオポルド・ラバス・リティルエはベッドに片肘をつき、眠るコリンヌを眺めていた。

シーツの上に広がっている黒い髪を根元から毛先まで何度も梳《す》く。コリンヌは深く眠っているようすだ。まったく起きる気配がない。

――かなり無理をさせてしまったな……。

いったいどんな夢を見ているのだろう。

コリンヌはいつだってひたむきで、一所懸命で、裏表がない。

慣れない宮殿で、辛いこともあるだろうに決して泣き言を漏らさない。健気でか弱そうな見目とは裏腹に、芯は強い女性なのだと思う。

――私の姿を見つけると、コリンヌは安心したようにほほえむ。

そんな彼女を心から好きだと思う。

コリンヌはむにゃむにゃと唇を動かしている。かわいらしくて、愛らしくて唇を塞ぎたくなる。

レオポルドはそっとコリンヌに覆《おお》い被《かぶ》さり、触れるか触れないかのキスを落とす。すると彼女が幸せそうにほほえんだので、たまらない気持ちになった。

——私の妻になってほしい。

昨夜、本当は「秘密の恋人」ではなくそう言いたかった。

しかしコリンヌは伯爵家の再興が成るまで結婚は考えられないと言っていた。

——いまプロポーズしても、迷惑がられるだけ。

目的を達するために邁進《まいしん》する彼女の邪魔はしたくない。コリンヌに嫌な顔をされるのは辛い。迷惑だとは思われたくない。

レオポルドとしては、コリンヌがたとえ没落寸前であろうと、貴族でなかろうと彼女が欲しいという気持ちに変わりはない。

だが誰よりも彼女自身が伯爵家の再興を強く望んでいる。そのために男装までして、たったひとりで宮殿までやってきたのだ。

——私は伯爵家の再興を全面的に支援しよう。

その暁にはコリンヌに結婚を申し込む。私財をすべて使ってでもいますぐ伯爵家を建て直したいという気持ちもあったが、それはコリンヌに断られてしまったので、地道に頑張るしかない。

コリンヌに『侍女』ではなく『侍従』を勧めて男装を続けさせるよう言ったのは先々で

考えがあってのことだが、多少はエゴもある。

女性の恰好《かっこう》をしている彼女に男が群がるのが容易に想像できた。

だから、隠したかった。彼女の美貌と愛らしさを。

――いまはまだ、誰にも秘密の恋人。

穏やかな寝息を立てているコリンヌの頰を撫でる。すべやかで手触りがよい。

コリンヌに「ワインにするか、湯浴みにするか」と尋ねられるとまるで新婚のようで、頰が熱くなってしまう。もっとも、彼女にはそういうつもりは微塵《みじん》もないようだが。

ふと窓の外が明るくなってきたことに気がつく。間もなく夜明けだ。

そろそろ自分の部屋に戻らなければ、ブリュノに不審がられる。

コリンヌの部屋には鍵がかかっており、彼女の要望で、ほかの誰も立ち入らないようになっているので裸を見られること――女性だとばれてしまうこと――はないとは思うが、念のため彼女に寝間着を着せてからコリンヌの部屋を出た。

私室に戻ったレオポルドは身なりを整える。そこへノック音がする。

――ぎりぎりだったな。

もしこの部屋にいなければ、いったいどこへ行っていたのかと追及されるし、宮殿内で姿が見えないとなればコリンヌと一夜を過ごしたことが明白になる。

体面上は男同士なのだから、夜遅くまで過ごすことはあっても一夜を明かすのはさすがに不審がられる。

「おはようございます、レオポルド殿下。今日はずいぶんとお早かったですね」

「うん、まあ……」

私室を出て食堂へと歩きながらレオポルドはブリュノに言う。

「リュカだけれど、私と遅くまでチェスをしていてね。彼が自分から起きてくるまでそっとしておいてほしい」

「……かしこまりました」

斜め後ろから射るような視線を感じる。なぜか咎められているような気持ちになる。ブリュノの仏頂面は見慣れているのに、なぜだろう。

朝食後、執務室へ行く。机の上に置きっぱなしにしていた、クッキーの山が目に入る。

――私が欲しかったものは、ここにはない。

いや、そんなふうに思うのはよくない。義理でもこれほどいただきものをしたのだ。誠意をもって『お返し』をしなければならないとわかってはいるがやはり、コリンヌからクッキーをもらいたかったと考えてしまう。

レオポルドは息をつき、お返しをするためリスト作りを始めた。

ひとつひとつ包み紙を確かめながらリストに記していく。クッキーは、立場上、口にはせず皆で分けることになっている。それは公言していることなので、贈ってくる側も承知している。

十枚目のクッキーの包み紙を手に取ったときだった。レオポルドは自分の名前を凝視する。見覚えのある字で綴られている。

ふつう、裏側に差出人の名前が書かれているものだが、名前はない。

——だが間違いなくコリンヌの字だ。彼女は私にクッキーをくれなかったのだとばかり思っていたが……。

リストを作るのを放りだして、そっと包みを開ける。クッキーに、チョコレートで迷路塔の絵が描かれている。

「……っ」

このような傑作、とても口にできない。齧《かじ》って穢《けが》すことなど到底できないと思った。

いや、だが食べなければコリンヌは悲しむだろう。

一口、一口を味わって食べる。

甘いものはそれほど好きではないが、幸せだった。人生でいちばん美味しいクッキーだ。

「クッキーは口になさらないのでは？」

ブリュノが訊いてきた。

「これは、いいんだ。絶対に安全だ」

たとえ毒が仕込まれていたとしても、コリンヌがくれたものなら喜んで食べる。

——そんな考えに至ってしまっては、王子失格だな。

心の中で自嘲しながらも、それでもやはりコリンヌのことを愛していると自覚する。彼女のためならなんでもできる。なんだってしたい。

——お返しはなんにしよう？

サンクス・クッキーのお返しには花を贈ると決めていた。だがコリンヌには、花だけでなくなにか特別なものを贈りたい。

——そうだ、服は？

男装している彼女にドレスを贈るわけにはいかない。それならばふだん着ている侍従服はどうだろう。

——たとえばこういう……。

レオポルドは書類の裏に侍従服のデザイン画を描きはじめた。夢中でペンを走らせる。

「……レオポルド殿下。いったいなにをお描きになっているのです？」

ブリュノに言われてはっとする。

「あ、いや……リュカに着せる服のデザインを」

いつも無表情なブリュノが、珍しく目を剝いた。

「さようでございますか……」

それきりブリュノは黙り込み、手元の書類に視線を落とした。

――コリンヌがいないと、どうも書類仕事をする気にならないな。

ブリュノになにも言われないのをいいことに服のデザインを進める。コリンヌのことを想うと、アイデアが次々と湧いてくる。

「……よし、できた」

そうしてできあがったのは「こんな服を着てもらいたい」という願望の塊だ。

「どうかな、ブリュノ」

得意げにデザイン画を掲げる。

「たいへんすばらしいとは思いますが、その書類は一から書き直しですね」

「――え」

おそるおそる裏返し、内容を確かめたあとでがくりと項垂《うなだ》れた。

白紙に書類の内容を書き直しながらも、自分がデザインした服をコリンヌが着ているところを妄想する。

彼女の美を隠したいのか、ひけらかしたいのか自分でもわからなくなってきた。

――コリンヌに会いたい。

彼女にはゆっくりと体を休めてほしいと思っているのに、早く会いたくて仕方がなかった。矛盾している。

＊＊＊

コリンヌは眩しさで目を覚ます。いつものように起き上がると、下腹部に鈍痛が走った。

そうして、昨夜のことを思いだす。

──そうだわ、わたし……レオポルド様と……！

彼と身も心もひとつになることができた。あらためて実感すると、天にも昇りそうな心地になる。

もとより誰かとの結婚は考えていなかったが、これでよけいに考えなくてもよくなった。

貴族の令嬢は結婚相手に純潔を捧げる。しかしコリンヌはもう処女ではない。

──秘密の恋人、というのは……愛人ということだもの。

王子妃など望めないのはわかっている。だからせめて愛人という立場でもそばにいたい。

彼が妻を娶《めと》るまでは、いちばん近くに。

伯爵家が再興すれば修道院へ行くのがいいだろう。伯爵家には跡取りのリュカがいる。

──処女ではないと正直に懺悔《ざんげ》をすればきっと修道院に入れる。

その際は、相手がレオポルドだと絶対に気づかれないようにしよう。そして修道院で、子どもたちと一緒に絵を描いて過ごせたらなおよい。

コリンヌはふと、自分がきちんと寝間着を着ていることに気がついた。

――昨夜はたしか裸で眠ったはず。

ふだんは、夜中に急に来訪があったときのために、男性物の寝間着で寝るようにしていた。いま着ているのは、棚の上に準備していたものだ。

コリンヌが鍵を開けないかぎりほかの誰もこの部屋には入れない。

ゆえに、これを着せてくれたのはレオポルドだ。むしろ彼以外に着せられたとしたら、女性だとばれてしまったことになる。

廊下へと続く扉の鍵はやはり閉まっている。いっぽうでレオポルドの寝室と繋がっている扉の鍵は開いたままだった。

ノックをしたあとでレオポルドの寝室へ入る。彼はいなかった。寝室から廊下へと続く扉の鍵はかけられている。

――わたしに寝間着を着せてくれたのはやっぱり、レオポルド様なのだわ。

とたんに恥ずかしくなり、同時に、寝間着を着せられてもまったく目を覚ますことのなかった自分の鈍感さに辟易《へきえき》する。

ベッドの近くの円卓に置いていたクッキーの包み紙には、流麗な文字で『コリンヌへ』と書かれている。

本名だから、ふたりきりのときに渡されたのだといまになって気がつく。

――リュカ宛てじゃなくてよかった……。

もちろん、レオポルドからもらったものなら宛名が『リュカ』になっていても嬉しかっただろう。しかしこれは『コリンヌ』に宛てられた、世界にひとつだけのクッキー。喜びが倍増する。食べるのがためらわれるが、そう長く置いておけるものではない。

包み紙の中から出てきたのは丸いクッキーだった。

——もしかしたら、レオポルド様の手作りなのかも。

味わって食べる。頬が落ちそうに美味しかった。

窓の外はもう明るい。そうしてようやく、自分が寝坊したことに気がつく。

——のんびりクッキーを食べている場合ではなかった！

慌てて着替えを済ませ、部屋を飛びだす。

通りかかった侍女から声をかけられる。

「リュカ様、おはようございます。殿下とのチェスはいかがでした？」

「え？」

「昨夜は遅くまでレオポルド殿下とチェスをなさっていたのだとお聞きしました」

「あ……そっ、そうなんです。殿下はとてもお強くて」

口から出まかせだが、なんでもできるレオポルドはチェスだって強そうだ。

——わたしが寝坊してもいいように、皆にそう言ってくださったのだわ。

彼の心遣いに感謝しながら、手早く朝食をとって執務室へ行く。

「おはようございます！　遅くなり申し訳ございません」

　机の上に視線を落としていたレオポルドは顔を上げ、ぱっと笑顔を見せる。

「おはよう。具合はどう？」

「——っ⁉」

　この部屋にはブリュノもいるのだ。それなのに彼が「具合は」と訊いてきたので、恥ずかしさのあまり頭が真っ白になった。

「リュカの体調が悪いのにチェスをなさっていたのですか？」

　ブリュノが訝しむと、ようやくレオポルドは失言に気がついたらしく、あからさまに「しまった」というような顔をしている。

「チェスをしていたら、少々……その、体調が悪くなってしまったのです。たっぷりと眠りましたのでいまは平気です」

　コリンヌが口早に言うと、ブリュノは「そうですか」と答えて席を立った。

「クリストフ殿下に呼ばれておりましたので、行ってまいります」

　ブリュノが執務室を出ていくと、レオポルドは椅子から立ち、コリンヌに駆け寄った。

「不用意なことを言ってごめん、コリンヌ。けれど本当に平気？」

　気遣わしげに腰元を摩られ、ますます頬が熱くなる。

「はい、本当に……あの、大丈夫です。ご心配くださり、ありがとうございます」

「……うん」

そのまま腰を引かれ、唇にキスを落とされる。

「レオポルド様……！」

「執務中にいけないって、言いたいんだよね。わかっているけれど……これだけ、許して？　あとでちゃんと頑張るから」

ふたたび唇が重なる。

その後、レオポルドはいつも以上に執務や公務に励んでいた。

夕方になると、コリンヌは私室で絵手紙を描いた。

まずは義理でもらったぶんのお返しからだ。

両手を横に並べた程度の大きさの紙に絵を描き、宛名を書いていると、レオポルドがやってくる。

「サンクス・クッキーデーのお返しの絵手紙だね？　宮殿の絵を描いたのか……美しい」

楽しそうに絵を見ていたレオポルドだが、宛名を見るなりむっと唇を引き結ぶ。

「きみが他の男の名前を書いているなんて……妬《や》けるな」

後ろからぎゅうっと抱き込まれる。コリンヌはどきどきしながら彼を見上げた。

「レオポルド様、クッキーをありがとうございました。もしかして手作りでした？」

「うん、そう。口に合ったかな」

「はい！　とても美味しかったです」

「よかった。……私のぶんの絵手紙は、まだ？」

「はい。レオポルド様のご要望を聞いてから、と思いまして」

「要望？　そうだな……きみの絵がいい。きみ自身を描いた絵」

「わたしの……というと、自画像？」

彼が頷く。自画像は描いたことがない。

「ですが、お返しに自画像というのはちょっと……は、恥ずかしいです」

「ひどいな、要望を聞くと言ったのはきみなのに」

耳朶《じだ》をねっとりと舐《な》められ、脇腹のあたりがぞくぞくと震える。

「本当は四六時中、きみを眺めていたいのを我慢しているんだ。きみの絵だけでもずっとそばに置いておきたい。そうしたらいつでも愛《め》でられる」

頬がかあぁっと火照る。

「レオポルド様はどうして……その、口説くのがお上手なのですか？」

「そんなつもりはないのだけれど。思っていることを正直に言っているだけだよ」

では彼は天然の口説き魔ということだ。

「むしろどうしたらきみを口説けるのか教えてほしいくらいだ。仕事は終わったのだから、もっと私にかまってほしいな」

詰め襟のボタンを外され、首筋にキスを落とされる。

そのまま侍従服の前を開かれてしまい、晒の上から胸を弄《いじ》られた。

「あ、っ……」

「きみの敏感な棘はどこ？」

いやにわざとらしくそう言って、レオポルドは緩慢な動きで尖りを探る。

「だめ、です……レオポルド様」

「どうして？」

「わたしはいま、絵を描いていて……ん、んぅ」

「そうだね。私のことは気にせずに描くといい」

晒の上から胸飾りをかりかりと引っかかれる。そこだけぷっくりと隆起するのがわかって、羞恥心が膨れ上がった。

「そんなこと、無理です……！」

涙目で見上げると、レオポルドは恍惚とした顔で息をついた。

「きみが絵を描くのを邪魔したいわけではないのだけれど……困ったな」

彼は眉根を寄せてほほえみながら、コリンヌの唇を塞ぐ。

舌を挿し入れられてしまえばもう、絵を描くどころではなくなる。

「んふ、う……ん、んっ……」

晒の上からカリカリと胸の蕾を擦られるのは、たまらなくもどかしい。薄い布の内側で、乳首が硬くなっているのがわかる。

「きみの乳首は、ずいぶん窮屈そうだね？」

「ふっ……」

言わないでほしかった。先ほど「だめ」だと言ったのに、乗り気だと思われてしまう。

——けれど実際、気持ちよくなっているもの。

しかしこれでは絵が描けない……と、堂々巡りに陥る。

「薄布の向こうで硬くなっているきみのかわいらしい部分を外へ出してあげてもいい？」

「う……んんぅ……」

コリンヌの喘《あえ》ぎ声を「イエス」だと捉えたらしく、レオポルドは布を強引に引っ張り上げた。

そうして緩みのないまま晒を退けられれば、乳首だけがちょこんと明るみに出る。

「やっ……！」

なんて卑猥《ひわい》な状態なのだろう。これなら、晒を拭い去ってしまったほうがまだましだと思えてくる。

「だ、だめ……です、こんな……！」

「あれ、なにがお気に召さないのかな」

無邪気に笑って、レオポルドは薄桃色の棘をつんっと突く。

「ひゃぅっ！」

胸の蕾を指で弾かれた拍子に背が仰《の》け反《ぞ》り、ますますそこを突きだす恰好になる。

「や、もう……晒は、取ってしまったほうが……っ」

「そう？　わかった」

レオポルドはこれ幸いとばかりに晒を緩めた。コリンヌの胸を締めつけていた薄布は機能を失い、膨らみが戻る。

締めつけから解放されても、胸の蕾は尖った形のままだった。

「これで、きみの柔らかな乳房も一緒に愛でることができる」

嬉しそうに言って、レオポルドは両手で双乳を包み込む。すっかり彼のペースだ。

――でも、やっぱり……気持ちいい。

優しく揉みしだかれ、薄桃色の先端を指で押し込められる。

どんなときでも、こうして愛撫《あいぶ》されると全身が歓喜する。触れられていないところまで疼いて、体が熱を持つ。

レオポルドは、感じ入るコリンヌを正面から見つめ、忘我の表情を浮かべる。

「こうして……ここを弄っているときのコリンヌの表情が、すごく好きなんだ」

「ふ、えっ……？」

自分がどんな顔をしているのかわからないコリンヌは、とっさに両手で顔を覆った。

「いやだな、隠さないで。意地悪されたら、意地悪で返したくなってしまう」

そうして胸の蕾をぎゅっと引っ張り上げられる。そんなふうにされてもやはり、感じるのは気持ちよさばかりだ。

「か、隠しませ……ぁっ……」

「うん……。なにひとつ、隠してほしくないな……私には」

それまでとは打って変わって、薄桃色の棘を押し込められる。額に落とされたキスにうっとりしながら、コリンヌは「あ、んんっ……！」と嬌声《きょうせい》を上げた。


コリンヌは一週間ほどかけて少しずつ絵手紙を描き、クッキーをくれた人たちにお返しをした。

そのあいだレオポルドはというと、おおむねコリンヌのそばで大人しくしてくれていたが、ときおり「やっぱり我慢できない」と言って抱きしめたり、キスをしたりしていた。

コリンヌはレオポルドの晩酌をするため、彼の寝室を訪ねたが、不在だった。自分の部屋に戻ろうとしていると、レオポルドが帰ってきた。

「ああ、コリンヌ。いまきみの部屋へ行こうと思っていた」

彼は色とりどりの薔薇の花束と、大きな箱を抱えていた。

「はい、コリンヌ。サンクス・クッキーデーのお返しだよ」

「わぁっ……あ、ありがとうございます！」

小柄なコリンヌには花束と箱を同時に抱えることはできない。まずは箱を受け取り、私室の机に置いていると、レオポルドは薔薇の花を花瓶に移し替えてくれた。

「さっそくですが、箱を開けてみてもいいですか？」

「もちろん。……むしろ早く開けてもらいたいかも」

レオポルドはどこかそわそわしたようすだ。コリンヌもまた同じだった。ベルナール伯爵家にいたころは――まだ家計が苦しくない幼少のころは――自分宛ての贈り物であっても先に両親が確かめていた。

――これは、レオポルド様がわたしにくださったもの。

初めて、贈り物の箱を自らの手で開けることができる。歓びのあまり指先を震わせながらも箱を開けると、デザインの異なる服が三着、収められていた。

男性物だとわかるものの、どこかかわいらしい雰囲気だ。

「素敵な侍従服……！　初めて拝見するデザインです」

他の侍従の誰も、同じデザインのものは着ていない。

「うん、その……私がデザインしたんだ」

照れたようすで彼が言った。

「レオポルド様が!?」

コリンヌは賜った服を一枚、一枚、ベッドに並べてじっくりと見る。

「本当に、ありがとうございます。大切にいたします」

服は丁寧にたたんでクローゼットへ持っていった。

「ところでコリンヌ。今日は伯爵家の再興について真面目に話をしたい。さ、ここに座って」

コリンヌがソファに座ると、レオポルドは無言で首を横に振り、自分の膝の上を叩いた。

「ま、真面目に……お話をするのですよね？」

「そうだよ。おいで、コリンヌ」

はたして彼の膝の上に座って、真面目な話ができるのだろうか。戸惑いながらも、コリンヌは言われたとおりにする。

「失礼します」

本当に失礼だと思いながらもレオポルドの膝の上に腰を下ろす。彼はすぐ、腰に腕をまわして頬ずりしてきた。

「はぁ、コリンヌは今日もかわいい」

「レオポルド様っ？　あの、お話は……」

「ああ、そうだった。ベルナール伯爵領に学校を作ってはどうかと思うんだ」

レオポルドはコリンヌがつけている男装具のかつらを取り去ると、長い黒髪に指を絡めて弄ぶ。

「男女問わず、絵画を中心に勉強できる学校だ。このリティルエ国には前例がないけれど、国外にはいくつもある」

コリンヌは黙ってこくりと頷き、彼の言葉に耳を澄ます。

「伯爵領は自然豊かだから風景画を描くのには困らないし、学校を作るだけの土地も充分にある。それにきみの叔父さんも有名な画家だよね。きみだって……まあ、リュカという名前でだけれど実力があり、注目度の高い画家だ。絵画を学びたい子どもや、芸術に関心のある親にとってすごく魅力的な学校が作れるはず」

「なるほど……！」

「じつは議会でも提案していて、何人かの大臣は賛同してくれた。いまのところ表立って反対する者はいないよ」

「ありがとうございます、レオポルド様！　わたし、精いっぱい頑張ります！」

目を輝かせるコリンヌを見てレオポルドはうっとりとほほえむ。

「意気込んでいるきみもかわいい」

頬に柔らかな唇が触れる。キスされた箇所が熱を帯びるのを感じた。コリンヌは幸せを嚙みしめるように、自分の頬に手を当てた。

次の日の朝、コリンヌは執務室へ行く途中でブリュノに話しかけられた。

「ベルナール伯爵家を建て直すために学校事業を始めたいとレオポルド殿下がおっしゃっていましたが、リュカはそういった事業には明るいのですか？」

「い、いいえ、まったく……」

「でしたら……そうですね。昼過ぎから図書室で勉強なさってはいかがですか。そのあいだ、殿下には私が付き添いますから」

「よろしいのですか⁉」

「ええ、どうぞ気兼ねなく。若者は多くのことを学ぶべきです」

ブリュノが言うとやけに説得力がある。コリンヌは礼を述べつつ、力強く頷いた。

お昼を過ぎたころ、図書室へ向かう。広い部屋だというのに天井近くまで本で埋め尽くされている。蔵書数は計り知れない。

図書室内を歩きまわっていると『初心者のための学校経営』という分厚い本を見つけた。

コリンヌは窓際の席に座り、さっそく読みはじめる。

『初心者のための』と銘打たれているだけあって、難しい言葉は使われていなかった。コリンヌは夢中で読み進める。

突然つん、つんと頬をつつかれたので顔を上げる。

「レオポルド様！」

彼はすぐ隣に座り、机に頬杖《ほおづえ》をついてにっこりと笑っていた。レオポルドもまた机の上に書物を広げている。

「夜遅くまでお疲れ様」

「え……夜？」

いつの間にか、小窓から射《さ》し込《こ》む光が月明かりに変わっていた。

「それにしても、私は一時間くらい前からずっとここで本を読んでいたのだけれど、気がつかなかった？」

「はい、まったく……。申し訳ございません」

「コリンヌの集中力は目を瞠るものがあるね。けれど……きみによからぬことをしようとする不逞《ふてい》の輩《やから》が近づいてきても、気がつかないようでは困るな」

彼の右手が伸びてくる。

「……まあ、不逞の輩は私のことだけれどね」

唇をつつ……と指で辿られる。彼の麗しい顔がどんどん近づいてくる。

「い、いけません、ここでは……。もし誰かに見られたら、レオポルド様のお立場が悪くなります」

清廉潔白な彼に妙な噂が立つのは断固、避けたい。

「部屋に戻ってからなら、いい？」

顔を覗き込むようにして問われる。コリンヌは恥ずかしさを覚えながらも、頷いた。

昼の休憩時には執務室で、レオポルドとブリュノと三人で軽く昼食をとっていたコリンヌだったが、今日はレオポルドに来客があり、ブリュノもまたお使いに出ていてひとりきりだった。

――休憩時間はまだまだあるし……庭で絵を描こう。

言いつけられていた仕事もすべて終わって手持ち無沙汰だったコリンヌは執務室を出て庭へ行く。

廊下の窓の向こうには雲ひとつない青空が広がっていた。キャンバスを膝に載せて空を描くのもいい。

小ぶりのキャンバスと画材を持って宮殿の庭へ出ると、アシルと遭遇した。

「こんにちは、アシル様」

アシルはどういうわけかじいっとこちらを見ている。

「きみとレオポルド殿下が夜遅くに図書室から出てくるのを見たよ」

コリンヌはどきりとする。アシルは続けて言う。

「ずいぶんと仲がいいみたいだね」

「そ、そう、ですね……」

アシルに、変に思われていないか心配になる。他言しないでほしいと頼むべきだろうか。

――ううん、それではかえって秘密の関係を誇示するみたいだわ。

どうしたものかと悩んでいると、アシルが先に口を開いた。

「僕とも仲良くしてもらえないかな。僕、画家の友達がいないんだ」

口ぶりからして、レオポルドとのことを不審がっているようすはない。

「わたしでよければ、ぜひ」

「ありがとう。じゃあさっそく散歩でもする？」

「はい」

アシルとともに歩きだす。

「その服……ほかの侍従のものとは違うよね」

コリンは「はい」とだけ答える。

レオポルドから賜ったものだとは言わないでおこう。これ以上、関係を疑われては困る。

「きみによく似合っているよ。一見すると女性に見えるというか」

コリンヌはつい「ええっ！」と大声を上げる。

「気を悪くしたかな」

「いっ、いいえ……その、驚いただけです」

これは、話を逸らしたほうがいい。深掘りされては本当に女性だとばれかねない。

「ところでアシル様も、宮殿にお部屋が？」

そうでなければ、あのような夜中に図書室の近くを通りかかることはないと思った。

「ああ、うん。図書室の三つ隣が僕の部屋」

「そうだったのですか。宰相のダミアン様とはいつお知り合いになったのですか？」

「……さあ、いつだったかな」

その答えには違和感を覚える。

——覚えていないくらい昔……というと、子どものころに出会われたのかしら。

だがアシルが画家として名を馳《は》せるようになったのはここ数年だ。アシルが幼いころからずっとダミアンは彼を支援していたのだろうか。

——貴族のダミアン様と、そうでないアシル様がいったいどこでお知り合いに？

疑問には思ったが、それ以上、尋ねてよいものかと迷う。「覚えていない」というのは方便で、たんに話したくないだけかもしれない。

——わたしだって、訊かれたくないことは山ほどあるわ。

「そういうきみは、レオポルド殿下とはいつ出会ったの？」

「まだほんの数週間前です」

「そうなの？　そのわりにすごく親密な雰囲気だよね」

「そっ……そうでしょうか」

アシルは急に足を止め、コリンヌのことをじいっと見つめる。

「きみってきれいな顔をしているよね。ちょっと、描かせてもらってもいいかな」

「えっ？」

「描いてみたいんだ」

あまりの剣幕《けんまく》に、コリンヌは上ずった声で「はい」と返事をした。

「じゃあどうぞ、僕の部屋へ」

踵《きびす》を返すアシルを素直に追うことはできない。ふたりきりになるのはまずい。

――アシル様は、わたしを男だと思っていらっしゃるからいいけれど……。

異性とふたりきりになる状況は極力避けたい。

「アシル様。今日は天気もいいですし、ここで描いていただけませんか？　このキャンバスを差し上げますので。画材もこのとおり、持ってきております」

「うん、まあ……いいけど。じゃあそこの木の根元に座って」

コリンヌはアシルに指定された場所へ、膝を抱えて座った。

ふだんは風景や人物を描くばかりで、自分が絵の対象になるのは初めてのことなので少し緊張する。

風が心地よかった。アシルはずっと手を動かしている。止まることはない。

「……できた」

近づいてきたアシルに絵を見せられる。

「わ、すごい……！」

木漏れ日の明暗が白と黒で絶妙に表現されている。コリンヌは感銘を受け、同時に無性に絵を描きたくなった。

感激しているコリンヌを見てアシルは満足そうに笑う。

「この絵はきみにあげるよ。キャンバスはきみのものだしね」

「よろしいのですか？　ありがとうございます！」

キャンバスを私室へ持ち帰ったあと、一日の仕事を終えてふたたび私室へ戻ったコリンヌは気合い充分で絵筆を手に取る。

レオポルドはというと、いつものようにソファに腰かけて寛いでいた。

「あの、レオポルド様。わたしはこれから自画像を描きますので、どうか……」

大人しくしていてください、などとはっきり言うのはあまりに失礼で憚《はばか》られる。

——本当は、レオポルド様がいらっしゃるときに絵は描かないようにしたいけれど……。

彼は夕方から夜遅くか、あるいは朝方までこの部屋で過ごす。ひとりきりになることがほとんどないので、絵を描く時間が取れないのだ。

絵を描くこと。それがコリンヌの本分だ。怠けるわけにはいかない。

この気持ちをきちんと伝える言い方はないかと必死に考える。

「わかった。コリンヌが気持ちよく絵を描けるように、体を揉みほぐしてあげるね」

「ひぇっ⁉」

「うん？　肩は凝ってはいない？　もちろんほかのところも喜んで揉みほぐすよ」

「え、ええと……その……」

「私に任せて。……気持ちよくしてあげる」

うっとりとしたほほえみを浮かべる彼の色香は下腹部に響く。不埒《ふらち》な妄想をしてしまった自分が恥ずかしくなる。つい先ほどまで、絵を描く気まんまんだったというのに。

「さ……座って」

自画像を描くため、壁に造りつけられた鏡の前にイーゼルと椅子を置いていた。

コリンヌを鏡の前の椅子に座らせると、レオポルドはコリンヌのすぐ後ろへ、自らスツールを運んだ。

コリンヌの肩にそっと両手を置き、揉みはじめる。

「ねえ……コリンヌ。きみは今日、庭でアシルのモデルをしていたようだね」

「はい。絵を描かせてほしいと頼まれまして……。完成した絵を見ましたら、わたしも自画像を描きたい衝動に駆られました」

「……そう。アシルに触発されたというわけか」

そう呟いた彼の声が、とてつもなく低かったので驚いてしまう。

「レオポルド様……？」

ちらりと後ろを見る。彼は自分の表情を見せたくないのか、コリンヌの肩に顔を埋めた。

レオポルドから与えられた真新しい侍従服のボタンが外されていく。

「あ……ぁ、っ」

胸を守るものをどんどん剝《は》ぎとられていく。

残りが晒だけになると、レオポルドは深く息をついた。

「嫉妬ばかりして、きみの邪魔をする私は愛想を尽かされてもおかしくないね」

「そんなことは……！　わたしは、レオポルド様のことが好きです」

「うん……ありがとう。アシルの部屋へ行くのは断っていたよね」

「え？　どうして、ご存知なのですか？」

「客人を案内するうちにたまたま近くを通りかかったんだ。そうしたらきみたちの話し声が聞こえた」

彼の大きな手のひらが、晒で凹凸を隠している胸を撫でまわす。

「きみを攫《さら》って部屋に閉じ込めてしまいたいのを、断腸の思いで諦めたんだよ」

「そ……ん、あぁっ……！」

晒の上から胸飾りを擦り立てられ、悶《もだ》えるコリンヌをレオポルドは鏡越しに確かめる。

何度も両手で弄られ、胸はしだいに主張を取り戻す。

「蕾が……開きたそうにしてるね？」

晒の上から胸の蕾をつん、つんと押されて肩を弾ませる。

このところ、じかに触れられないことにいっそう不満を感じるようになった。

不埒な自分を抑えたいのに、できない。じれったさを訴えるように腰が揺れてしまう。

晒は乱されるために巻いているわけではないのに、まるで喜んで緩められるかのようにたやすく解けていく。

露わになったコリンヌの乳房を両手で包み込むと、レオポルドは踊らせるように軽やかに手を動かした。

彼がこうして胸に触れるときはいつも、心底楽しんでいるように思えてならない。

鏡を通して彼の表情を見る。レオポルドの唇の端は上がっている。

彼はいつもにこやかに淫らな行いをする。

ふたつの指で胸飾りをそっと突き上げられる。

「あ、んっ……！」

凝り固まった胸の蕾は、少しの刺激でも過敏に反応する。

官能に喘ぐ恋人を見つめ、レオポルドはコリンヌの下衣をおもむろに引き下ろす。

下半身がなにも着ていない状態になるまでは、いつもあっという間。レオポルドは自分で着替えをするからか、服を脱がせるのがとてつもなく手早く、そして上手《うま》い。

服をすべて脱ぐかどうかは彼の気分しだい。今日は、着ていた上着もすべて剝ぎとられて、一糸まとわぬ姿になる。

鏡を前にして裸で、背もたれのない小さな椅子に座っていることがいたたまれず、コリンヌは縮こまる。

「恥ずかしい？」

問われ、こくこくと何度も頷く。かといって服を返してもらえるわけではなかった。

レオポルドはますます笑みを深めるばかりだ。

「私はどれだけきみを見ていても足りない」

熱い手のひらが太ももの内側を這《は》う。

「だから……ねえ、コリンヌ。きみが私の指で悶えるところをよく見せて」

「ひゃっ――あ、ぁっ」

鏡に向かって足を開かされる。秘めるべき箇所が、壁掛けランプの明かりのもとで開け広げになった。全身が上気する。

「まだ触っていないのに、ここ……膨らんでいるね」

花芽のそばの溝を二本の指で押される。そんなふうにされてはますます花核が際立つ。

そのまま上下に二本の指で扱《しご》かれ、胸の蕾も左手の指で嬲られる。

「ひぁあっ、あ、あぅっ……！」

「あぁ……蜜が溢れてきた」

親指で珠玉を押しながら、レオポルドはその長い指を蜜口に潜り込ませる。

まるで見せつけるように出し入れされ、ぐちゅぐちゅと水音が立つ。胸の先端への愛撫も、少しも緩まない。

「どんどん零《こぼ》れだして……。私の指も、こんなに濡れてしまった。ねえ、コリンヌ。鏡に映るのは、恥ずかしい？」

「ふっ……？」

「恥ずかしくて、興奮する？」

そのとおりになのに、頷くことができない。

——だって、レオポルド様だってわかっていらっしゃるはず。

あえて問うことで、さらに快感を煽ろうとしているに違いない。そして彼の思惑どおり、内側からはとめどなく愛液が溢れでてくる。

「お願い、ですから……も、言わない、で……ください……っ」

泣きそうになりながら訴えれば、レオポルドは「そうだね、ごめん」と謝った。

「でも……きみを気持ちよくして、私のことだけ考えるようになってもらいたくて。必死なんだ」

隘路（あいろ）の入り口を行ったり来たりしていた指が、上下左右に蜜襞（みつひだ）を刺激しながら泳ぐように、より深くへと進んでいく。

「ひぁ、あっ……！」

　彼の楔でされるのとは異なる快感だった。特に、お腹側をぎゅっと押されると、息が止まりそうなほど気持ちがよくなる。

「あ——花芽が、大きくなってる」

　野原で自然を観察するような声の調子だった。しかし彼が言いたいのは、コリンヌの秘めやかな肉粒が快感で膨らんでいるということだ。

　指摘されたコリンヌはとうとう目を瞑る。鏡に映しだされる卑猥な自分を、これ以上見ていることができなかった。

　ところが視界を閉ざしたことで、体の中にある彼の指が存在感を増す。くわえて、レオポルドの動向がわからず、どきどきしてしまう。

「目を閉じているきみも、好き」

　囁き声に全身をくすぐられ、ピクピクと両足が弾む。

　秘め園の中でひとりでに膨らみきっていた花核を、指でそっと押された。

「あぁあっ！」

　思わず目を開ければ、レオポルドと鏡を通して視線が絡んだ。彼は楽しそうに笑い、親

芽をノックされる。

「やぅっ！　んっ、んぅ……っ」

トクトクと脈づく下腹部に合わせて、まるでリズムを刻むようにトン、トン、トンと花芽をノックされる。

そのたびに体が弾んで、掴まれていないほうの乳房がふるふると上下に揺れた。

それを愉しむようにレオポルドは笑みを深め、それぞれの指を動かす。

蜜壺の奥を指で突かれながら、花芽を押し嬲られ、胸の蕾を捻《ひね》りまわされる。

昇りつめていく感覚があった。頭の中が真っ白になって、快楽がすべてを支配する。

「上手に達けるかな、コリンヌ？」

耳のすぐそばで紡がれた甘い囁き声を聞くなり、誘《いざな》われるようにして絶頂を迎える。

「ひぁっ、あぁっ――……」

コリンヌはだらしなく脚を広げたまま脱力して、レオポルドの胸に体を預けた。

力をなくしたコリンヌの体を、レオポルドはしっかりと抱きしめる。

「ああ……いまのきみの表情を、絵にしてもらいたいな」

言われて、鏡に映る自分の顔を見る。

瞳はうっすらと涙に濡れ、頬はりんごのように赤い。

コリンヌはふるふると首を横に振った。

「で、できません……！」

「そう……。ではいま、しっかりと目に焼きつけておくよ」

体ごとレオポルドのほうを向かされ、見つめ合う。

たまらなく恥ずかしくなって俯けば、顎を掬われてくちづけられた。

何度も唇を啄《ついば》んだあとでレオポルドは、アシルが描いたコリンヌの絵を注視する。

「この絵のきみは女性にしか見えない」

彼は訝かしげな顔のまま言葉を足す。

「アシルはきみが本当は女性だと気がついているのでは？」

「いえ……女性のようだ、とは言われましたが」

レオポルドは不満顔で、コリンヌの細い腰を抱きすくめた。


リティルエから見て南の隣国に、男女が分け隔てなく絵画について学んでいるというマクノウ校がある。

コリンヌとレオポルドは二泊三日の予定で、マクノウ校へ視察へ出かけることになった。

「視察へ出るときはいつも最小限の人数で行くようにしている。あまり大人数で行っても動きづらくなるだけだからね」

侍従はコリンヌひとりだけ。馬車の御者ふたりが護衛を兼ねる。これまではレオポルドにはブリュノが付き添っていたが、今回は学校視察が目的のため、コリンヌが同行する。

「馬車の中ではいつも時間を持て余していたのだけれど、コリンヌが一緒なら、むしろ時間が足りないくらいだ」

　馬車に揺られながら、レオポルドに肩を抱かれる。

「ねえ、なにをして過ごす?」

　どこか妖しげな囁き声にどきりとしてしまう。

「けっ、経済学について教えていただけますか!?」

　コリンヌが言うと、レオポルドはにこやかに「いいよ」と答えた。

「いくらでも教えてあげるよ。けれど……ご褒美が欲しいな」

「ご褒美、ですか?」

「うん。たとえばきみからキスしてくれる、とか」

　コリンヌはとたんに頬を赤くする。

「え、ええと、その……はい。わたしにできることでしたら、なんでも」

「舌を使うほうの深いキス、だよ」

「し、舌……」

『深いキス』の経験はある。ベッドで彼に施されることがしばしばあるからだ。

　これまで、彼からされることはあっても自分からしたことはなかった。

――わたしから、レオポルド様の唇に舌を挿れる……。

考えただけで頭がぼうっとしてしまうが、レオポルドは期待に満ちた眼差しで一心にこちらを見つめている。

「あの、頑張りますので……どうか、ご講義よろしくお願いいたします」

絵画については多くのことを学んできたコリンヌだが、政治や経済についてはほとんど知識がない。

レオポルドの侍従をしているいま、そういった知識はやはり必要だし、学校事業にも関わってくるので学んでおきたい。

図書室で書物は読んだので基礎的なことはわかっているつもりだが、実際に携わっているわけではないので具体的なことがわからないでいた。

レオポルドは、コリンヌが「頑張る」と言ったからか上機嫌で話しはじめる。

コリンヌはレオポルドの話を一言一句、漏らさぬよう真剣に聞いていた。

「――さて。私の講義はこれでおしまい。褒美をいただけますか」

いやに畏《かしこ》まって彼が言った。

それまでごく真面目な話をしていたというのに、一変して淫靡《いんび》な雰囲気が漂う。

「もっと私に近づかなくては、できないのでは？」

楽しそうに言って、レオポルドは美麗な笑みを浮かべている。

もともと、肩が触れ合うごく近い位置にいたが、さらに上半身を傾け、両手で彼の腕を掴む。

——これでは、襲っているみたい！

そう思うだけで羞恥心は最高潮に達して、全身が火照ってくる。

「色っぽい顔をして……」

碧眼を細くして彼が呟いた。レオポルドはまったく動かずに、コリンヌを待っている。

「あ、あれ……？」

いっこうに顔の距離が縮まらない。

「私の肩に手を置いて、後頭部を掴んできみのほうへ引き寄せないと、唇を合わせられないね？」

そうだ。いつもなら彼のほうが動いてくれるので難なくキスをすることができていたが、いまは違う。

コリンヌは、レオポルドに言われたとおり彼の肩と後頭部に手をあてがう。柔らかく滑らかな金髪の手触りに感動しながら、ほんの少しだけ力を入れて引き寄せれば、彼は身を屈めてくれた。

どきどきしながら、唇に唇を押しつける。しかしこれで終わりではない。舌を、挿し入れなければならない。おそるおそる舌を出し、彼の唇の隙間から中へ入ろうとする。

ところが彼はなかなか口を開けてくれない。挿し入れようとする力が弱いのだ。もっと積極的に舌を突きださなければ。

必死に舌を動かして、彼の口腔《こうこう》へと侵入する。

「ん……」

低く小さな呻《うめ》き声を耳にし、どくんと胸が鳴る。

彼の舌に自分の舌を絡めなければならない。そうわかっているのに、捕まえることができない。

――もしかしてレオポルド様、わざと逃げていらっしゃる？

彼はときおり意地悪だと思いながらも懸命にレオポルドの舌を追いかける。するとレオポルドは急に「ふっ」と息を漏らして笑った。

「ごめ……コリンヌがあんまり必死でかわいいから……っ」

肩を震わせて笑っている。

「ひ、ひどいです、レオポルド様！　わたし、本当に一所懸命、その……」

「うん……ありがとう」

肩と腰を抱かれる。レオポルドはうっとりとした顔のままコリンヌの唇を塞ぐ。

「ふっ……ぅ、う……っ」

唇の隙間を縫って、ごく自然に彼の舌が潜り込んでくる。

ねっとりと熱いそれに舌を絡め取られる。それからしばらく、コリンヌは馬車に揺られながら翻弄され続けた。


芸術の街、マクノウ。その中心にある迎賓館に到着したのは夕方だった。

学校の視察は明日行う予定なので、まずは街を見てまわることになった。

「ねえ、コリンヌ。せっかくだからドレスを着て街へ行かない？」

迎賓館の一室でレオポルドにそう提案されたコリンヌはきょとんとする。

「街を巡るのには男性ふたりよりも、男女で行くほうが目立たないよ。ブリュノと街を視察するときはいつも、いかにも貴族の『視察』という雰囲気が出ていて……ちょっとね」

レオポルドは苦笑している。

「そういうことでしたら、ぜひ！　……ですが、一緒に来ている護衛の手前、わたしがいきなりドレスを着るわけには……」

「男女のほうが目立たないから、と言って女装していることにすればいい。詰め襟のドレスを着れば大丈夫だよ」

「な、なるほど！」

レオポルドは機転が利く、と感心する。

迎賓館のゲストルームのクローゼットには女性物のドレス一式が置かれていた。自由に着用してよいとのことだった。

　廊下で待機していた護衛に、レオポルドが「リュカを女装させて街へ出る」ことを告げているあいだに、コリンヌはひとりでも着られるドレスを選んで身につけた。

　おかしなところがないか鏡で確認する。詰め襟の清楚《せいそ》なドレスだった。久しぶりにドレスを着たせいか、なんだかくすぐったい。

　髪は、かつらの髪を結い上げることで女性らしく見せる。

　部屋に入ってきたレオポルドは、コリンヌを見るなり立ち止まった。

　――そういえば、レオポルド様の前で女性物の服を着るのは初めてだわ。

　急に、彼にどう思われるのか気になりはじめる。

　レオポルドはコリンヌを見つめたまま、なにも言わない。

「おかしい……でしょうか」

　沈黙に耐えきれず尋ねれば、レオポルドは「え」と短く声を上げて目を見開いた。

「おかしいところなんてないよ。ただ……きみを独り占めするにはどうすればいいか必死に考えてしまっていた」

　彼の右手が伸びてきて、頬を掠める。

「きれいだよ、コリンヌ。次は侍従服ではなくドレスを贈らせて」

「い、いえ……とんでもないことでございます」

「私がデザインしたドレスは、着たくない？」

それには「着たいです！」と、つい即答してしまう。

「では、いいね。さあ行こうか」

レオポルドとともに部屋から出る。廊下に控えていた護衛たちは、ドレス姿のコリンヌを見るなり目を丸くした。

「まるで女性のようですね」

コリンヌはぎくりとして足を止める。

「リュカは愛らしい顔をしているからね」

さらりと言って、レオポルドはコリンヌの手を取る。

「あの、レオポルド様？」

――こんなに堂々といちゃいちゃしてはまずいのでは⁉

「私たちは商家の恋人同士という設定だよ。リュカもそれらしく振る舞ってくれなくては困る」

護衛にも聞こえるような大声でレオポルドが言った。

「わかりました」

人目を気にせず彼の『恋人』として隣にいられることが嬉しくてたまらなかった。

「もっとそばに。私の腕に手を載せて」

迎賓館の中でまで『恋人』の演技をする必要はないのかもしれないが、コリンヌは女性扱いされたことで舞い上がる。

　彼の肘の内側にそっと右手を載せ、すぐそばを歩いた。距離を取って護衛がついてくる。会話の内容は護衛の耳には届かないだろう。

　迎賓館から大通りまではすぐだった。

「マクノウ校を中心に、画材店が多く軒を連ねているんだ。ベルナール伯爵領でも、学校周辺にはそういった施設も充実させていけたらいいよね」

「はい！」

　目にするものすべてが新鮮で、心が躍る。

　画材はいつも伯爵家にやってくる行商人から買っていたので、店を見てまわったことはなかった。

「まずは画材店、だね。いちばん興味があるだろう？」

　コリンヌは何度も頷く。それから画材店を三軒ほどはしごした。レオポルドは嫌な顔ひとつせずエスコートしてくれる。

「そろそろ小腹が空かない？　カフェへ行ってみようか」

　瀟洒なカフェに入る。レオポルドが言っていたとおり、男性同士の客はひとりもおらず、男女で来ているかあるいは女性同士の客ばかりだった。男装したままではカフェには入りづらかっただろう。

制服姿の、マクノウ校の生徒らしき男女の姿も多い。

「メニューはやはり、女性に受けがよさそうなものばかりだね」

つまるところ甘いものばかりだ。

「コリンヌ、どれでも好きなものを頼んで」

「ええと、では……」

クグロフの生クリーム添えと紅茶を注文する。レオポルドが頼んだのは紅茶だけだった。

「レオポルド様はお腹いっぱいですか？」

「ん、いや……じつは、甘いものはそれほど得意ではなくて。菓子はたまに手作りするけれど、味見はいつも他の者にしてもらっているんだ」

「そうだったのですか。あれ……でしたら、サンクス・クッキーデーにお渡ししたクッキーは、ご迷惑でしたね？」

「きみのクッキーだけは特別だよ。すごく美味しかった」

ふたりは互いに惚けたように見つめ合う。

「……ありがとうございます、レオポルド様」

コリンヌは頬を赤くして目を伏せた。

マクノウ校は裏手に森林を有した広大な学校だった。男女の生徒たちは皆がいきいきと校内を往来し、楽しそうにおしゃべりしながら庭で絵を描いている。

校長に庭や森の入り口周辺を案内してもらったあとは、授業中の様子を見せてもらった。

レオポルドが教室に入ると、女子生徒を中心に「きゃああ！」と黄色い声が上がる。

そういう声を上げたくなる気持ちはよくわかる。コリンヌだって、レオポルドの美貌にはいまだに見慣れない。

コリンヌとレオポルドは教室の後方で講義を聴くことになった。

椅子はふたつ用意されていたので、レオポルドだけでなくコリンヌも腰を下ろす。

絵画の遠近技法についての専門的な講義は興味深く、あっという間に時間が経つ。

それからカフェテラスへと足を伸ばす。たくさんの生徒たちで賑《にぎ》わっている。

「リティルエ国の王子殿下よ！」

レオポルドは瞬く間に女子生徒たちに囲まれる。コリンヌは近づくことができなくなったが、護衛の男性たちはぴったりとレオポルドに張りついている。

——大人しくここで待っていよう。

女子生徒たちと言葉を交わすレオポルドを眺めながら壁際で待つ。

「あの……」

後ろから声をかけられたので振り返ると、数人の女子生徒たちがいた。ここはカフェテラスだというのに、皆がノートと羽根ペンを持っている。

「画家のリュカ・ベルナール様ですよね？」

コリンヌはにこやかに「はい」と返事をする。

「昨日、王子様とデートなさっていましたよね！」と言われたコリンヌは、ほほえんだまま顔を強張らせる。

——見られてた⁉

きっとカフェだろう。立ち寄った画材店には、マクノウ校の生徒はいなかった。

「有名な画家であるリュカ様ですもの、素性を隠すために女性の恰好をなさっていたのですよねっ？」

「あ……そ、そうなんです」

——すばらしい想像力だわ。わたしだったら、そんなふうには……うまい言いわけは、きっと思いつかなかった。

勘違いしてくれて助かったと、コリンヌは内心ほっとする。

「あぁ、萌《も》えますぅ〜！」

「萌え……？」

疑問符を浮かべるコリンヌに女子生徒たちが迫る。

「リュカ様、サインをお願いいたします！」

女子生徒たちからサインをねだられる。性別を偽っているので複雑な気持ちだったが、嬉しかった。

絵の端に書くのと同じように、ノートの裏面に『リュカ・ベルナール』と綴る。

「私もサインが欲しいです」

そうして次々とノートにサインをしていく。まるですべてが『リュカ』のノートになってしまったみたいだ。

マクノウ校の視察を終えて迎賓館に戻る。レオポルドは度の強い地酒を何杯も飲んでいる。さすがに酔っているのか、その頬は赤く、目がとろんとしている。

「今日は私も絵を描いてみようかな。有名な画家であるきみをキャンバスにして」

レオポルドはおもむろに絵筆を手にする。

「レオポルド様？　酔っていらっしゃいますか？」

「ん……そうかも」

芸術の街と謳《うた》われているだけあって、部屋には真新しいキャンバスや絵筆が備えつけられていた。レオポルドはそのうちのひとつ――毛先の柔らかそうなもの――を手に取ると、水瓶《みずがめ》の中へと絵筆の先を浸けた。

「コリンヌは生徒たちからすごい人気だったね」

「それでしたらレオポルド様のほうが！　女子生徒たちは皆がレオポルド様に熱い視線を

送っていました」

――妬けるくらいに。

「そうかな。もしそうだとしても、王子という立場上、だよ。……さあ、コリンヌ。ベッドに仰向《あおむ》けになって」

「……えっ？」

「きみをキャンバスにする、と言っただろう？」

「ご冗談、かと……」

頬を赤くしたレオポルドが笑みを深める。表情からは、冗談なのか本気なのか判別がつかない。

「早く……コリンヌ」

酒のせいか、彼の声は少し掠れている。それがたまらなく艶っぽく、心身が一気に興奮する。レオポルドに誘導されるまま、ベッドの上に寝転がる。

そうかと思えばすぐに侍従服の前が左右にはだけ、晒を剝ぎとられてしまう。

「や、あの……」

露わになってしまった胸元を両手で隠しながら、もじもじと内股を擦り合わせる。

「手を退けて？　ああ……そうだ、これで纏《まと》めてしまおうか」

胸から拭い去った晒の白い布を、今度はコリンヌの手首へと巻きつけていく。

頭上で両手を纏め上げられたコリンヌは、無防備に胸をさらけだしている状態になり心許ない。

かつらは、部屋でふたりきりになった時点で外していたので、長い黒髪がシーツの上に広がっている。

レオポルドはコリンヌの上に馬乗りになったまま、官能を滲ませた表情を浮かべた。

「どこから描きはじめようかな」

絵筆を持ったレオポルドが手を動かしはじめる。

そっと、コリンヌの反応を探るように、濡れた筆先で首をくすぐられた。

「う……うぅ」

くすぐったくて眉根を寄せれば、レオポルドはますます楽しそうな顔をする。

「ごめんね、くすぐったかったね」

まるで小さな子どもに言うような口ぶりだ。レオポルドは絵筆を鎖骨のほうへとずらしていく。

「コリンヌはどこもかしこもきれいだ……」

そんなふうに愛でられると、嬉しさと恥ずかしさでなにも言えなくなる。

絵筆は鎖骨の上をツツツ……と走る。やがて膨らみの稜線《りょうせん》を上り、また下る。そのあとはもう片方の膨らみへと上り、また下っていった。まるで遊んでいるよう――。

「ふっ……ぅ、ん……」

絵筆で撫でられるたびに全身がぴく、ぴくっと小さく跳ねた。

もしも、敏感な箇所に絵筆をあてがわれたらどうなってしまうのだろう。

想像するだけで下腹部が甘く痺れたようになり、自身の不埒さを思い知らされる。

「コリンヌは、どのあたりに描いてほしい？」

そんなことを訊かないでほしい。返答に困る。

「わ、わたし……あ、あぁ……っ」

絵筆は薄桃色の屹立《きつりつ》の周囲をぐるぐると巡っている。

どう考えても焦らされている。

絵筆が乳輪を掠めるたびに「ふぁあ、あぁっ！」と大きな声が出た。

胸の尖りはますます鋭い形になる。

両手が自由になるのならば、自らそこを弄りたいくらいだった。いや、彼の前でそんな痴態を晒すわけにはいかない。

コリンヌは唇を嚙んで身を捩った。

「どうされたいのか……言ってみて」

それは、どうされたいのかはっきりと口にするまでそこへは触れてくれないということだと、すぐにわかった。

自分で弄りまわすくらいなら、正直に「どうされたいか」言ったほうがまだいい。

「ち、くび、に……どうか……！」

恥ずかしさとじれったさで視界が滲む。

ベッドの上で仰向けになっているだけなのに息が弾み、呼吸がままならない。

レオポルドは嬉しそうに口角を上げ、絵筆で胸の先端をつっつく。

「ひぁああっ！」

期待どおりの、あるいはそれ以上の快感だった。

絵筆で胸の尖りを弄られるのなんて、常識的に考えればありえないというのに気持ちがよくて、ひたすら高い声を上げ続ける。

「あうう、あっ、ふぁっ……あぁっ……！」

柔らかな筆先で激しく嬲られる感触は、指でされるのとも舌でされるのとも異なる。

初めてもたらされる享楽に、すっかり虜《とりこ》になってしまう。

コリンヌは両手を頭上に置いたまま、長い黒髪を振り乱して身悶《みもだ》えした。

レオポルドが、筆で弄っていないほうの胸飾りをつまむ。

「ねえ……きみの恋人は誰？」

「ふっ……!?」

――どうして急にと疑問に思いながらもコリンヌは懸命に答える。

「レオポルド、様……です。ん、んぅ……っ」

「本当にそう思っているのかな。自覚が足りない気がするよ。だってきみは私のことをまったく愛称で呼んでくれない」

彼はどこか寂しそうだ。

――レオポルド様を不安にさせているのだわ。

もっと、愛を伝えなければ。気持ちよくなっている場合ではない。

そう思うのに、彼が胸飾りへの愛撫をやめてくれないので、話をすることができない。

「そのかわいいお口で言ってごらん。本当に恋人だと思っているのなら」

「……レオ、様……あ、あぁ」

「他人行儀だね？」

胸の蕾をきゅっと強くつままれた。とたんにぴりりとした甘い快感が迸り、足の付け根が疼く。

コリンヌは「はぁ、はぁ」と肩で息をしながら言葉を絞りだす。

「……ッ、レオ……！」

いったいどういう原理なのだろう。彼のことを愛称で呼ぶとそれだけで、心の距離が縮まったような気がする。彼も同じなのか、いつになく嬉しそうに笑っている。

「うん……いい子だ。ご褒美をあげなくちゃ」

「……っ、え……？」

レオポルドは絵筆をベッド端に置くと、コリンヌの下衣を下着と一緒に脱がせた。そのあとでベッドから下り、カーペットの上に膝をつく。

どうしてそんなところに膝をついているのか、コリンヌにはわからない。

ベッド端で、彼に向かって両足を広げる体勢だ。太ももの内側を彼の両手で押さえられている。そうしてようやく、彼がなにをするつもりなのか理解した。

「ま、待ってください……！」

「……待てないよ」

彼は舌なめずりをして目を伏せる。それからおもむろにコリンヌの足の付け根へ顔を寄せた。

ああ、やはり彼は『舐める』つもりなのだ。下半身にある淫唇を。

「だめです、そんな……ところ……！　お、おねがい、ですから」

「いやだ。だって私は……きみのいちばんになりたい。そのために必要なことだ。ほかの誰にも見せないコリンヌの秘め園を、私だけが愛でたい」

「もうずっと、レオ、が……いちばん、です」

恥ずかしさを押してそう言えば、レオポルドは幸せそうにふにゃりとほほえむ。

彼は、自分が『いちばん』だと認識してくれた。だからもう、足の付け根への愛撫は容赦してもらえると思った。

「けれど、するよ？」

レオポルドはいたずらっぽく笑って赤い舌を覗《のぞ》かせ、割れ目をぺろりと舐め上げる。

「ひゃあぁっ！」

全身が快感に打ち震える。

淫唇を這う舌は、今度は緩慢に蛇行している。中の珠玉には絶妙に触れてくれない。またしても焦らされている。

つい先ほどまで、舌で触れられること自体にためらっていた自分が嘘のように、そこへの愛撫を望んでしまっている。

「ん、あぁ、あっ……レオ……ッ」

たまらず愛称で呼びかければ、レオポルドは息を漏らして笑った。

「きみを好きな気持ちが、どんどん膨れ上がって……私は……」

彼は言葉を切り、花芽に舌を添える。

「あぁぁあっ……！」

快感が脳天を突き抜ける。気持ちよさしか感じない体になってしまったよう。恥ずかしさはいったいどこへ行ったのだろう。

熱い舌先で押し嬲られる。

不意にじゅうっと勢いよく吸われ、目の前に星が飛んだ。

誰もが憧れる美貌の王子様が跪《ひざまず》いて、秘めやかな箇所を吸い立てている。

ほかの誰も施されないであろうことを、自分が享受している。たとえいまこの瞬間だけだとしても。

愛人の分際で優越感に浸るのは不遜すぎるとわかっているのに、そういう気持ちが湧き起こるのを止められなかった。

コリンヌが、もう脚を閉じる気がないとわかったのか、レオポルドは両手を胸のほうへと向かわせた。

コリンヌが身を捩ることでふるふると揺れる乳房を鷲摑みにして軽く揉み込んだあと、その先端を指でふたつとも強くつまみ上げる。

多少、力強くそうされても、気持ちよさ以外は感じない。

花核を嬲る舌の動きが速さを増す。羞恥と快感で涙目になりながら恍惚境へと向かう。

頭の中が真っ白になる。目を、開けていられなくなった。

「あぁぁあっ、あっ――」

頭上で纏め上げられたままの両手と、剝きだしの下半身を震わせながら絶頂に達する。

レオポルドは満足げな顔で身を起こす。

「コリンヌの中は、きっと……とろとろに蕩《とろ》けてるね。だってほら、蜜口からたくさん零れてる」

そう思うのならば、なんでもいいから内側に突き入れて確かめてほしい。

――わたしったら！

そんな考えに至ってしまったことが恥ずかしくて、情けない。

ところがレオポルドはほほえむばかりで、蜜をたたえているコリンヌの内側にはなにもしようとしない。

コリンヌは戸惑いながらも彼を見つめた。しかしやはり、返ってくるのは碧く美しい瞳の視線だけ。

レオポルドは静かに言う。

「コリンヌ……欲しいものを教えて。どうしてほしいのか、言ってみて」

「あ、あの……ええと……」

レオポルドの下半身をちらりちらりと盗み見ていると、彼はなにかに気がついたように目を瞠った。

「もしかして、コリンヌは知らないのかな」

彼の麗しい顔がすぐそばへやってくる。耳元で、男性器の俗称を囁かれた。

「……っ」

いまだかつて口にしたことのない言葉を声に出すのはとてつもなく勇気がいる。

彼は待ち焦がれるように熱い視線を送ってくる。それだけで、内奥が潤みを増していくようだった。

コリンヌは何度も深呼吸をして、意を決する。

「レオ……の……おちん、ちん……わたしの、中……に」

コリンヌの要望を受け、レオポルドは自身のトラウザーズを下穿きごと引き下げた。

両手を頭上に置いたまま、絶え絶えに言葉を紡ぐコリンヌは、レオポルドの瞳にはひどく煽情《せんじょう》的に映る。

「い、いれ――」

すべて言い終わらないうちに剛直で貫かれる。

「きゃぁあっ！」

金切り声を上げれば、彼は「んん」と唸った。

「ごめん……あまりにも健気で、淫らだから」

レオポルドは腰を左右に小さく揺らしながら、雄杭で蜜襞をぐちゅぐちゅと拓いていく。

「きみに卑猥な言葉を言わせたのは私なのに……興奮、してる。本当は私だって、すぐにでもきみの中に入りたかった」

「あう、う……っ、あ、んんっ……！」

「それなのに私は、きみに……欲しがってもらいたくて」

ぐっ……と力強く、雄杭は最奥めがけて踏み込んでくる。

情欲を滲ませて膨らみきった雄杭は、受け入れられたのを悦《よろこ》ぶようにコリンヌの中で大きくうねる。

「ああ——すごく、居心地がいい。……コリンヌは？」

首を傾げ、うっとりとした顔でレオポルドが言った。

下腹部が彼のものでいっぱいになったコリンヌは、満足に言葉を発することができない。

彼が少しでも身じろぎすれば、目の前が霞むような快感に襲われる。どこもかしこも甘く疼いて、息の仕方も忘れてしまいそうだった。

「コリンヌ」

甘やかな呼び声が全身を刺激する。

——きちんと口に出して、伝えなければ。

「わたし……気持ちいい、です……レオ……っ。わたしの中に、いっぱい……レオ、の」

ふたたび男性器の俗称を言うのが恥ずかしくて、口ごもってしまう。

しかし今度は、皆まで言わずとも彼は満足したようだった。嬉しそうに口の端を上げて、コリンヌの中に打ち込んだ楔を押し引きしはじめる。

「あぁっ、う……んっ、あ、あっ……」

彼の欲塊で内側を揺さぶられると、喜びと快楽が綯《な》い交ぜになって押し寄せてくる。

ごく押さえた抽送だった。レオポルドはコリンヌのようすをつぶさに観察する。

彼の瞳が顔や胸、足の付け根を順に見ていく。そうして視線を寄越されるのはいたたまれないのに、もっと見てほしいという欲もあって、複雑だった。

「見られるの……好き？」

「ひぅっ……」

「好き、なんだね。きみの中が締まった」

言葉ではなく体で答えてしまった。コリンヌは恥ずかしさのあまり視線をさまよわせる。

「こっちを見て、コリンヌ」

瞳のすぐそばを両手で覆われる。そうしてコリンヌの視線を固定しながらも、レオポルドはずっと雄杭を前後させていた。

「体だけじゃなくて瞳も……ずっと合わせていたい」

切なそうに彼が言うので、目頭が熱くなる。

コリンヌは頷いて、碧い瞳をずっと見つめる。いつ見ても本当にきれいだ。

彼の瞳に魅入っていると、しだいに隘路を往復する楔の動きが速さを増してきた。

「はぅ、んっ……ん、あぁっ……！」

目を閉じてしまいそうになる。

――だ、だめ……目を合わせていたいって、レオポルド様はおっしゃったわ。

必死に彼を見つめていると、レオポルドは困ったように――なにかに耐えるように――笑った。

「私と目を合わせていようと励んでくれているね。……ありがとう、コリンヌ」

ガクンッと大きく視界が揺らぐ。

「ひぁあっ⁉」

それまでとは比べものにならないほど激しい抽送へと変わったせいで、とてもではないが彼の瞳を見つめるどころではなくなる。

「ふぁ、あっ、あ……っ、レオ……っ！」

「ん……好きだよ。健気で頑張り屋さんの、コリンヌ――」


鳥のさえずりが聞こえた。瞼の向こうが明るい。

すぐそばに温《ぬく》もりがあるのがわかる。きつく抱き込まれている。

目の前にレオポルドがいた。ふたりはなにを言うでもなく見つめ合う。

一緒に朝を迎えるのは初めてなので、どきどきする。

ふだん彼は、朝方には自分の寝室へと帰る。そうでなければブリュノに怪しまれるので、致し方ないことだ。

迎賓館の一室なのでブリュノはいない。コリンヌはもともと、レオポルドの世話役として同室になることが決まっていたので護衛に変だと思われることもない。

「きみと一緒に朝を迎えられるのって……すばらしいな」

――同じことを思ってくださっていた。

嬉しくなって、コリンヌは満面の笑みで「はい」と答えた。

「けれど、コリンヌ？　……すまない。私は昨夜、きみを縛って筆であちこち弄りまわしたよね」

あらためて言われるとよけいに恥ずかしい。

「きみは『待って』と言っていたのに、私はきみの大切な箇所を舌で……。それに、あんなふうにきみの中を蹂躙《じゅうりん》して」

かあああっと頬が熱くなる。

――もしかして、わざとおっしゃっている!?

意地悪をされているのだろうか。

コリンヌは無言で彼を睨《にら》んでみる。ところがレオポルドは心ここにあらずといったようすでコリンヌの頬を撫でまわしている。

「……でも、瞳に涙を溜めて恥ずかしそうに悶えるコリンヌも……かわいかったなぁ」

レオポルドはぼやきながら、コリンヌの目元と胸元をそれぞれ撫でる。

「も、もうっ、レオポルド様！　まだ酔いが醒《さ》めていらっしゃらないようですね!?」

コリンヌが唇を尖らせると、レオポルドは笑いながら「ごめん」と言い、キスをした。

「レオって呼んで。ベッドでふたりきりのときは。昨夜もそう言ったはず」

彼は酔っていたというのに、きちんと覚えている。

「……レオ。好きです」

彼を不安にさせないように、心を込めて愛称を呼んだ。

――けれどいつか、わたしは……レオポルド様のおそばにはいられなくなる。だってわたしは『秘密の恋人』だもの。

愛人は妻にはなれない。いつか彼には別の『いちばん』ができる。没落寸前の伯爵令嬢では、彼には不釣り合いだ。

さざ波のように襲ってきたもの悲しさに蓋をするために、コリンヌはレオポルドの胸に顔を埋めた。

第四章　湖のほとりで睦《むつ》み合うのは恥ずかしすぎます

レオポルドの寝室の窓際にはチェステーブルが置かれている。

コリンヌとレオポルドはテーブルを挟んで向かい合い、それぞれ順番に駒を進めていた。

「んん……」

レオポルドは低く呻き、顎に手を当てて次の一手を考え込んでいる。

真剣な顔の彼に見とれる。するとコリンヌの視線に気がついたらしい彼が口を開く。

「こら、コリンヌ。上の空だね？　私は真面目に考えているというのに」

「えっ、あ……いえ、その……レオポルド様の真剣なお顔が素敵すぎて……」

きょとんとした顔になり、レオポルドは頬を赤くする。

「そんなにかわいい顔でかわいいことを言われたら、手元が狂いそうだ。もしかしてそういう戦略なのかな」

「まさか、そのようなこと少しも考えておりません！」

「……わかっているよ。きみと一緒にいると本当に……日増しに愛《いと》しくなる」

いまは夜だ。この部屋にはランプの明かりだけで、陽の光は射し込んでいない。それなのに彼のほほえみは光を浴びたように輝いて見える。

コリンヌは胸の高鳴りを抑えるように深呼吸をした。

ふたりは何度もチェスで勝負をしたが、コリンヌが勝てたのは一回だけだった。

──レオポルド様はやっぱりチェスがお強かったわ。

以前、侍女にそう言ったことがあったが、やはり間違っていなかった。

「ところで、コリンヌも議会に出席してみない？」

突然の提案に、コリンヌは「へっ？」と頓狂な声を出す。

「ベルナール伯爵令嬢のコリンヌとして、出てほしいんだ」

「で、ですが……さすがに『リュカ』だと周囲に知れてしまいます」

「いますぐにという話ではないよ。もう少し事業計画が具体化したあとで、女性も画家になれる法案を通すために、絵画に詳しいベルナール伯爵家の令嬢として力を貸してほしい。議会の参考人として」

「参考人、ですか……。わたしに務まるでしょうか」

議会に出席しているのは男性ばかり。いつも激しい議論が繰り広げられている。

議会場の外で待機するコリンヌの耳にもときおり怒号のようなものが聞こえてきて、恐ろしいほどだ。

「きみはこれまで多くのことを学んできた。大丈夫、大臣たちと対等に話せる。チェスの腕だって悪くないのだから」

「チェスと議会になにか関係が？」

「何事も戦略が大事、ということだよ」

レオポルドがぱちりとウィンクする。

――そのためにチェスをしようと誘ってくださったのね。

「自分を信じて、コリンヌ。きみのひたむきな努力は絶対に実を結ぶ」

きゅっと胸を締めつけられる。

碧い瞳から目を逸らせなくなる。彼の言葉はまるで言霊のよう。予言にすら思えて、いつも勇気づけられる。

レオポルドはこのところ、他国の法律にも詳しい専門家の数人とたびたび会って話をしている。

『女性は画家として認められない』というリティルエ国の法を改正しようと働きかけているのだ。

隙のない改正案を出さなければすぐに議会で突っぱねられてしまうだろう。

それからというもの法改正のための資料作りに追われる日々が続いた。

同時に、ベルナール伯爵家のどのあたりに学校を建設するのか、しいてはどのように周辺施設を整えていくのか、他領や王都と繋がる道路の整備をどうするのか……など、包括的に計画を練っていく。

議会場の控え室で書類の整理をしながらレオポルドを待っていると、クリストフがやってきた。

どうやら今日の議会は終わったらしい。

「やあ、リュカ。元気そうだね。最近はレオポルドが積極的に発言してくれるようになって、私としては喜ばしいかぎりだよ。ありがとう」

なぜ礼を言われるのかわからないながらも「恐縮に存じます」と答える。クリストフは笑って去っていく。

「リュカは来週、いったんベルナール伯爵領へ戻るのですよね？」

そばにいたブリュノに尋ねられたコリンヌは「はい」と返事をした。

事業計画についてはあらかじめ手紙で父親に伝えていたが、やはり現地を見て決定するべきだとレオポルドが言ったので、コリンヌは来週のはじめに、一時的にだが伯爵家へ戻ることになっている。

「あなたが伯爵領へ戻っているあいだ、殿下のことはどうぞお任せください」

「あ……ありがとうございます」

——そうだわ。レオポルド様には伯爵領にまで同行していただくわけにはいかない。

すっかり失念していたが、少しのあいだとはいえレオポルドとは離ればなれになる。急に寂しくなってしまい、コリンヌは気落ちする。

──早く自画像を完成させなくちゃ。

時間を見つけて描き進めている自画像はあともう少しで完成する。レオポルドの要望で、小さな紙ではなくキャンバスに描いている。

サンクス・クッキーデーからだいぶん日が経ってしまっているので、このお返しはなんとしても、伯爵領へ戻る前に手渡したい。

コリンヌは早起きをして自画像を描いた。

いよいよ明日、伯爵領へ行くという日になって絵が完成する。

夜、晩酌のあと。

「レオポルド様。どうぞ、お納めいただけますと幸いです」

ソファに座るレオポルドに、自画像を描いたキャンバスを差しだす。たったそれだけなのに、妙にかしこまった感じになってしまった。

──これをわたしと思ってください、なんて……おこがましくて言えないけれど！

絵を見て思いだしてくれたら嬉しい。

レオポルドは両手でキャンバスを受け取ると、ぱあっと面を輝かせた。

「ありがとう、コリンヌ！」

彼は緩みきった表情で、うっとりとキャンバスを眺める。

——見つめられているのは絵の『わたし』なのに……なんだか恥ずかしくなってきた。

俯いていると、レオポルドが甘い声で「んん」と唸った。

「ちょっと戸惑っている表情がなんとも言えない。自分で自分を描くのは、恥ずかしかった？」

コリンヌは頬を赤くしたまま小さく頷く。

「これは、私の二番目の宝物だ」

「ありがとうございます、光栄です」と言ってコリンヌはほほえむ。

いっぽうレオポルドは困ったように笑う。

「……その顔はわかっていないね。一番目の宝物はきみだよ？」

「えっ⁉」

「きみよりも大切なものが私にあるとでも？」

レオポルドはキャンバスをそっと、まるでガラス細工を扱うようにローテーブルの上に置いた。

「明日から楽しみだね」

「……ええと、なにがですか？」

「忘れちゃったの？　明日の朝、伯爵領へ向けて発《た》つじゃないか」

「そうですけれど……それほど楽しみなわけでは……」

「どうして？」

隣に座っていたレオポルドに顔を覗き込まれた。唇がぶつかりそうな位置で首を傾げられ、赤面する。コリンヌは観念して正直に話す。

「明日から、少しのあいだとはいえレオポルド様と離れて過ごすことになると思うと……その、寂しくて」

「……コリンヌ」

呼びかけたあとでレオポルドは嬉しそうにほほえむ。

「伯爵領へは私も行くよ？」

コリンヌは言葉もなく目を瞬かせる。

「ですがご公務は……？」

「来客は調整しておいたし、書類仕事は伯爵領でもできる。それに伯爵領へ視察に行くのも公務のうちだ」

彼の腕が腰にまわりこんできた。引き寄せられる。

「たとえコリンヌが嫌がっても、私は片時だってきみと離れるつもりはないよ」

「嫌がるだなんて、そんなこと！　……ご一緒できて、嬉しいです」

レオポルドはコリンヌと額を突き合わせて「うん」と呟いた。

翌朝早く、コリンヌは宮殿の車寄せでレオポルドを待っていた。見送りに来てくれたブリュノと話をする。

「レオポルド様も伯爵領へ一緒に行かれるとのことですが……」

「ええ、そうですね」

「ご存知だったのですか？　けれどブリュノさんは『殿下のことはお任せください』と」

「ええ。クリストフ殿下のことですよ」

「えぇっ！」

ブリュノが目を細くする。笑ってはいないが、面白がっているように見えた。

――ブリュノさんって、少しお人が悪いわ！

コリンヌが唇を尖らせていると、レオポルドがやってくる。

「うん？　どうしたの。そんなに唇を尖らせて」

「い、いえ……。では行ってまいりますね、ブリュノさん」

「はい。レオポルド殿下のこと、くれぐれもよろしくお願いします」

レオポルドのあとに続いて馬車に乗り込む。マクノウへ視察へ行ったときと同じ面子だ。

「ベルナールへは、他国へ行くときに馬車で通過しただけだから、今回じっくりと見られることになって本当に嬉しいよ」

レオポルドはいつになく楽しそうだ。

馬車が進むと、窓から伯爵邸《てい》が見えるようになる。

「ところでコリンヌ。一緒に来ている護衛の手前、ずっと男装を解かずにいてくれているのだよね。もうすぐきみの実家に着くし、護衛のふたりにだけはきみが本当はコリンヌだと打ち明けようか」

「いいえ、それには及びません。父にも弟にも、レオポルド様がわたしが本当はコリンヌだと知っていることは伝えていないのです」

「なるほど。きみは私との『秘密』を徹底して守ってくれているわけだね。けれど、この機会に打ち明けるといい。恋人同士だということも、きみの家族に話したい」

コリンヌは首を傾げる。

――レオポルド様はどうしてわたしの家族に挨拶したいのかしら。わたしは、愛人……なのに。

ちくりと胸が痛んだものの、それには蓋をしてぶんぶんと首を振る。

いま、彼のそばにいられるだけでも幸せなことだ。ましてレオポルドは男装を黙認して伯爵家の再興を手伝ってくれている。

彼ほど懐の深い人はほかにいないだろう。

――ずっと彼のいちばんでいたいと思うなんて、おこがましすぎる。

コリンヌは頬を叩いて自分を戒める。贅沢《ぜいたく》を言ってはいけない。

「コリンヌ？　どうしたの。そんなふうに叩いては赤くなってしまうよ」

それ以上、頬を叩かせないためかレオポルドはコリンヌの両手を握り込んだ。

「いいえ、どうかこのまま秘密にさせてください。弟のリュカは部屋から出てきませんので護衛の方々に不審がられることもありませんし。『コリンヌ』のほうは、絵を描くために親類の家へ行っていることにすれば大丈夫です」

自分を偽り他者を欺くのはやはり心苦しいが、レオポルドの前で『コリンヌ』に戻ってしまってはいけないような気がした。

それでもまだ不満そうなレオポルドだったが、ふとなにかに気がついたように「ん？」と呟き首を傾げる。

「リュカは部屋から出てこないと言ったね？　その、なにかのっぴきならない理由が？」

「あ……はい。ですが病弱だとか、そういうことではございませんので」

「そう……」

まだなにか訊きたそうなレオポルドだったが、馬車が伯爵家に到着したので、これ以上の話はできなくなる。

馬車から降りると父親とジーナが出迎えてくれた。

「遠路はるばるようこそおいでくださいました、レオポルド殿下！　なにもないところですがどうぞごゆっくりとお過ごしください。まずは応接間でお茶でも」

「初めてお目にかかります、ベルナール伯爵。ではお言葉に甘えて」

レオポルドはコリンヌに目配せをして、父親のあとについて屋敷の中へ入った。

皆で応接間へ行く。テーブルにはケーキスタンドが置かれ、ジーナお手製と思しきスコーンやタルトが並んでいる。

ジーナが紅茶を淹れてくれる。しばらくは皆で歓談した。

「ぜひ庭も見せてもらいたいな」

レオポルドは父親でなくコリンヌに向かって言った。

「では庭へはわたしがご案内いたします」

応接間を出て庭へ向かう。護衛はかなり後方をついてきている。

「きみが生まれ育った庭だと思うとそれだけで愛着が湧く。すばらしい庭だね」

「あ、ありがとうございます。その……お恥ずかしながら庭師がおりませんので、父とメイドのジーナで手入れをしております」

「きみの父上もメイドも、庭師顔負けじゃないか」

レオポルドは朗らかに笑っている。身内を褒められて嬉しくなる。

庭を歩いたあとは屋敷の中に戻った。ダンスホールを案内する。

「広くて気持ちのよいダンスホールだね」

「ありがとうございます。ただ、このところは人が集まることはなく……広いばかりの場所になっています」

コリンヌは苦笑する。レオポルドはというと、秀麗な眉をわずかに寄せて、なにやら考え込んでいる。

「どうなさいました？」

「……ううん、なんでもないよ。次は……そうだな、ギャラリーを見せてもらえる？」

「はい。どうぞこちらです」

ギャラリーにはコリンヌが描いた絵はなく、リュカが描いたものばかりが置かれている。

コリンヌの絵はすべてお金に換えてしまっているので、手元には一枚もない。

レオポルドはリュカが描いた抽象画を一枚一枚、熱心に見てまわっていた。

「きみの弟のリュカは自分の絵を画商のもとへ持ち込んだことは？」

「あります、一度だけ。ですがその際に酷評されまして……それ以来リュカは自分の絵を他人には見せず、部屋に引きこもるようになりました」

レオポルドは顎に手を当てて「うーん」と唸る。

「レオポルド様もやっぱり、リュカの絵はよくないとお思いになりましたか？」

「いや、むしろ評価されるべきだと思っているよ。コリンヌの絵とはまた違った方向性だね。リュカの絵からは……そうだな、とてつもない熱量を感じる」

輝きと好奇心を孕んだサファイアの瞳がリュカの絵を見つめる。

「リティルエ国外に外遊へ行ったときに、こういう系統の抽象画を目にしたことがある。リュカの絵を買い取らせてもらっても？」

「買い取っていただくなんて、畏れ多いです」

「では、預かるということでいいかな。私の知り合いで、国外にいる画商のもとへ送りたいんだ」

――そこまでしてくださるなんて！

「なにからなにまで、本当にありがとうございます」

コリンヌはレオポルドに向かって深々と頭を下げた。

夕食の後片付けをジーナと一緒にする。レオポルドの晩酌には父親が付き添っている。

後片付けが一段落すると、ジーナがあらたまったようすで言う。

「私、おふたりを拝見してわかりました。殿下はお嬢様の男装をご存知ですね⁉」

「ど、どうしてわかったの？」

「わかりますよぉおおっ！」

ジーナはいつになく息が荒い。

「おふたりは想い合っていらっしゃるのでしょうっ⁉」

「ど、どうして――」

コリンヌが言い終わらないうちに「見ていればわかります！　……というか、そうなったらいいなと思っておりました！」とジーナが答える。

「男装した麗しのお嬢様と、美貌の王子殿下の恋……っ。ああ、萌えますっ」

ジーナはマクノウ校の女子生徒たちと同じことを言っている。ただし、ジーナの場合はコリンヌが本当は女性だと知っているわけだが。

コリンヌはやはり理解ができずに首を傾げる。

「いけない香りがいっぱいじゃないですかぁぁ！」

こんなに興奮しているジーナは初めてだ。

「お嬢様に男装をお勧めして心底よかったと思っております」

楽しそうでなによりである。

「けれど、ジーナ？　お父様や、宮殿から一緒にいらした護衛の方々は、わたしがリュカになりすましているのだとはご存知ないから、あなたもそのように接してほしいの」

「はい、心得ております。ご安心くださいませ！」

「ところでリュカのようすはどう？」

じつの姉でありながら、屋敷にいるときもほとんど顔を合わせることがない。父親にしてもそうだ。

しかしジーナだけは、リュカの部屋に入って弟の世話をしている。

本来なら未婚の若い男女が部屋でふたりきりになるのはよくないのだが、父やコリンヌが部屋に入ろうとするとリュカがひどく嫌がるのだ。

「相変わらずですが、お元気ですよ！　いまは難しいお年頃なのだと思います。いつかきっとお部屋からお出になります」

「そう、ね……。ありがとう、ジーナ」

「それにしてもお嬢様も殿下も、よい時期にベルナールへいらっしゃいましたよね」

「よい時期？」

「まあっ、もしかしてお忘れですか⁉　明日は星見の夜ではないですか！」

「あぁっ！」

すっかり忘れていたが、ベルナールでは年に一度、流星が見える夜がくる。

「もちろん、殿下と一緒にご覧になりますよねっ？」

ジーナは意味ありげににやにやしている。

「え、ええ……そうね。できれば……レオポルド様と一緒に」

「でしたら今年の特等席はおふたりの専用ですね！」

例年、伯爵邸の屋上で父親とふたりで見ていた。ジーナは、リュカの部屋からだ。

「ところでお嬢様。今夜くらいはドレスをお召しになってもよろしいのでは？」

「だめよ。父や護衛の方に見られるかもしれないわ」

「大丈夫、お任せください。私がなんとかします」

「でも……」

——やっぱりまずい気がするわ。

「殿下のそばで『コリンヌ』として振る舞うのはお嫌なのですか？」

ジーナは痛いところを突いてくる。

「……そうなの。もう充分すぎるほどレオポルド様からさまざまなものを享受しているのに、コリンヌとして彼のそばにいたら……貪欲になってしまいそうで」

「よろしいではないですか、明日は特別な日なのですから！」

結局、ジーナの勢いに押されてコリンヌは首を縦に振った。


流星の日。ジーナは「星見の夜だから」とご馳走《ちそう》を作り、酒を大量に用意した。

コリンヌは知らなかったが、この酒はレオポルドが馬車の荷台に載せて持ってきた土産らしい。この大量の酒を見てジーナは今夜の『お嬢様と殿下のおふたりきりで星を見るのだ作戦』を思いついたのだという。

応接間で護衛男性たちも交えて宴が催される。

ジーナは父と護衛の男性たちにどんどん酒を飲ませる。彼女はおもしろおかしく話をして宴を盛り上げた。

そうしてレオポルド以外の全員がすっかり酔い潰れてしまう。

ジーナはコリンヌに耳打ちする。

「お嬢様、お着替えをしましょう」

「え、ええ……」

「少し席を外します」と言ってコリンヌとジーナは部屋を出る。

ジーナに手伝ってもらい、私室でドレスに着替えた。久しぶりに胸元の開いたドレスを着たせいか、なにやら落ち着かない気持ちになる。

「ではお嬢様は応接間へ行かれてください。私はリュカ様のお部屋へ行きますので」

コリンヌは応接間へ戻り、レオポルドを誘う。

「……レオポルド様」

扉のところからそっと呼びかけると、レオポルドはドレス姿に驚いたようすだった。

「コリンヌ！　どうしたの？」

抑えた声で、しかし嬉しそうに駆け寄ってくる。

「屋上で星を見ませんか？　今夜は流れ星がよく見えるのです」

「それはいいね。……もしかして私のために、着飾ってくれた？」

小さく頷けば、レオポルドは破顔する。

「どんな服装のコリンヌも好きだけれど……私のためだと思うと、嬉しい。ありがとう。

よく似合っているよ」

頬を撫でられ、どきりとする。

「まいりましょう。こちらです」

「うん」

するとレオポルドに手を取られた。応接間でいびきをかいている父や護衛の男性たちが起きてしまわないよう、忍び足で廊下を歩く。

手と手をしっかり繋ぎ合わせて屋上を目指す。まだ星も見ていないというのに、これだけでも幸せだとコリンヌは思った。

らせん階段を上り、伯爵邸の屋上へと出る。ここベルナールでは毎年、流れ星が見られることから、先々代の伯爵が設《しつら》えた星見台である。

壁掛けランプに明かりが灯《とも》っていたので真っ暗ではない。ジーナがしてくれたのだろう。

「寒くはございませんか？」

「平気だよ、酒で火照っているから。それよりもきみのほうが寒いのではない？　こうしてくっついていよう」

レオポルドに抱き込まれ、隙間なくぴたりと寄り添う。

たしかに彼の体は熱い。コリンヌは心地よさに目を瞑り、彼の胸に顔を埋めていた。

「あ……流れた」

その声で上を向く。

無数の星たちが幾筋もの光を発しながら空を駆けていくようすに目を奪われる。

ふと、彼の視線がこちらに注がれていることに気がついた。

流れ星を背景にしてレオポルドがほほえんでいる。

――いつから、星ではなくわたしを見ていらしたの？

どことなく気恥ずかしくなって目を伏せると、彼が身を屈めた。

「コリンヌ」

小さな呼び声に、胸をくすぐられる。唇が静かに重なった。


翌朝、ジーナの朝食作りを手伝っていると父親がやってきた。

「いやぁ、レオポルド殿下はすばらしいお方だなぁ！」

昨夜の酒はもう抜けているようだ。朝から元気だ。

「これでおまえを妻に娶ってくださればなぁ……」

――いいえ、まだお酒が残っているかも。

「お父様、レオポルド様はわたしのことをリュカだと思っていらっしゃるのですよ？」

「そうだが、どことなくおまえのことを慈しんでいらっしゃる気がする。これはひょっとすると、望みがあるかもしれないぞ」

「そ、そのような高望みは……いけません。レオポルド様が伯爵家再興のために自ら動いてくださっているだけでもありがたいのですから」

コリンヌは自分に言い聞かせるように言った。

「う……まぁ、そうだな。あれほどの麗しさで、性格もよいとなれば縁談はごまんとあるだろうからな」

——縁談。

宮殿ではレオポルドのもとに毎日のように縁談が舞い込んでいたが、彼はそれをすべて断っている。

——いまはまだ事業の途中なのだし……。

いや、しかし政治的に価値のある縁談ならば、王子として受けることになるのだろう。それが王侯貴族の常だ。

細い針で胸をちくり、ちくりと刺されているようだった。

——いけない、気持ちを切り替えなくては。今日は皆で現地視察をするのだから！

朝食を済ませたあと、コリンヌはレオポルドと、それから父親も一緒に馬車で出発した。ふだんは領内の移動に馬車は使わない——御者がいないので使えない——が、今回はレオポルドの護衛男性ふたりが、マクノウのときと同じで御者を兼ねている。

広い草原に着く。見渡すかぎり草しか生えていない。ここが学校建設予定地である。

「ベルナール領は北と東で二カ国に接しているし、リティルエ国内だけでなく国外方面へも道路を整備すれば、各国の詩人や作曲家を呼び込んで長期滞在も望める。そうなれば宿泊施設も必要だ」

「お、大がかりですね……」

「もしかしてお金の心配をしている？　大丈夫だよ。私やリティルエ国が投資という形で協力させてもらう」

これだけ大規模な話となればたしかに、コリンヌの給金や絵の収入だけで事業を行うことはできない。

「このことはきみの父上とも話し合っている。利益は分配することになるけれど、伯爵家が潤うのは間違いないよ」

むしろここまでレオポルドに携わってもらっているのだ。彼や国のために利益がなければかえって申し訳ない。

すべてをひとりで行うことはできないのだと、宮殿で侍従を始めてからよくわかった。皆が誰かを支え、協力し合ってこそ成し遂げられる。

「はい。引き続きどうぞよろしくお願いいたします」

コリンヌが頭を下げると、レオポルドは「うん」と言いながら頷いた。

「土地や建物についての計画はかなり整ってきたね。あとは『人』だ」

学校の建造は専門の職人組合に頼むことになるが、絵を教える『講師』は組合には所属しておらず、数人しか見つかっていなかった。その数人でさえ、レオポルドの伝手《つて》がなければきっと確保できなかっただろう。

「初めからそう大規模に生徒を募る予定ではないけれど、あともう何人かは講師がほしいところだね」

コリンヌが「はい」と答えると、父親もまた「そうですね」と相槌を打った。

「……そうだ。私の弟を呼び戻せれば。弟は子どもに絵を教えるのが好きだから」

思いついたように父が言った。コリンヌとリュカはふたりとも叔父から絵を習った。たしかに叔父は『教えるのが好き』ではある。

「けれどお父様？　叔父様がいまどこにいらっしゃるか、わかりますか？」

画家である叔父は各地を放浪して絵を描いている。それもリティルエ国内だけでなく国外へ行っていることもあるので、所在を掴むのが非常に困難だ。ときおり絵手紙が送られてくる程度である。

叔父は伯爵領へは二、三ヶ月に一度戻ることもあれば、一年以上、戻ってこないこともある。

「つい最近、絵手紙が届いたが、そこには所在など書かれていなかったなぁ……」

「その絵手紙を見せてもらっても？」

レオポルドがそう言うので、三人は伯爵邸へ戻ることにした。

レオポルドは父親の執務室で叔父からの絵手紙を見る。

「これは……ナユカムモじゃないかな。このベルナールから国境を跨《また》いで、さらに東へ行ったところにある。あまり有名ではないけれど、観光産業が盛んだ」

絵手紙を父親に戻しながらレオポルドは言葉を継ぐ。

「ナユカムモにはリティルエの大使館がある。叔父さんはおそらく大使館に滞在しているよね」

リティルエ国で画家と認められた者は各国の大使館に無償で宿泊できる。

レオポルドはナユカムモの大使館宛てに手紙を出した。

すると三日後に叔父が戻ってきた。コリンヌと父親は驚きを隠せない。なにせ叔父は「定期的に連絡を」と頼んだところで「風に訊いてくれ」と返してくるほどの自由人なのだ。

「やあ、なんだか楽しそうなことになっているね」

叔父は父親とよく似た顔立ちをしている。四十歳近いが、いまだに独身である。

「レオポルド殿下、このたびは丁寧なお手紙をちょうだいしましてありがとうございました。なにもかもに興味をそそられました」

レオポルドは叔父へ宛てた手紙に学校事業のことを書いていたらしい。

――レオポルド様は本当に、人のお心を摑むのがお上手だわ。

感心していると、叔父が矢継ぎ早に言う。

「ぜひ僕も事業に参加させてほしい。前々から教鞭《きょうべん》を執りたいと思っていたんだよ！」

そうしてコリンヌ、レオポルド、父と叔父の四人で事業を進めることになり、一週間後には事業の手配が一段落した。

明日には王都へ戻らなければならない。コリンヌはとある決意をしていた。

――今度こそ、レオポルド様の裸体を描く！

昼過ぎ、コリンヌはレオポルドが滞在しているゲストルームを訪ねた。

「レオポルド様、折り入ってご相談が」

「うん？　どうしたの」

「レオポルド様の……絵を、描かせていただきたく」

「では出かけない？　美しい湖があったよね」

「ユマ湖ですか？」

「そう。そこで描いてほしいな」

「ですが……ええと、裸のお姿を描こうと思っておりますので……」

「かまわないよ。ユマ湖に人気《ひとけ》はないよね？」

三方を山に囲まれた辺鄙《へんぴ》な場所にある湖なので、レオポルドが言うとおり人は寄りつかない。

馬車でユマ湖へ向かう。湖まであともう少しというところで、馬車も通れないような細い道に差しかかる。レオポルドは護衛の男性たちに言う。

「きみたちはここで待っていて。湖へは一本道だから、この入り口さえ見張っていれば問題ないよ。……といっても、人はほとんど通らないようだし、大きな動物もいないけれどね。私にはリュカがついているから、きみたちは自由に過ごしていてもいいよ」

レオポルドは伯爵領の地理を細かなところまでよく把握している。宮殿にいるときにコリンヌが教えたからだ。

事業計画を練るのに必要だったとはいえ、覚えてくれていることが嬉しかった。

護衛の男性たちは「いえ、こちらで見張りをいたします」と言い、湖があるのとは反対を向いて警備を始めた。彼らはいつだってきちんと仕事をする。

「今日は私的な用事だというのにすまないね、よろしく。ではリュカ、行こうか」

「はい」

木漏れ日の中、小道を進む。ユマ湖へ来るのはずいぶんと久しぶりだ。

ユマ湖は向こう岸が見えないほど広大で、その先には大きな山々がそびえ立っている。

――ああ、やっぱり……この湖の水面はレオポルド様の瞳の色とそっくり。

もともとこの湖はお気に入りだったが、ますます好きになった。そして最愛の彼とここへ来られてよかったとも思う。

草花が風にそよぐ。たくさんの葉をつけた木々が、ふたりを歓迎するようにさわさわと囁く。

「いまにここは芸術家たちに愛される景勝地になるよ」

学校事業の成功を予感させる力強い言葉に勇気づけられる。

「はい……！」

領民たちが豊かな生活を送れるよう伯爵家を再興する。そして願わくば、子々孫々と栄える地でありますように。

コリンヌは、周囲に人がいないことをあらためて確認したあとでレオポルドに「では、服を……」と言った。

「ああ、うん」

レオポルドは恥ずかしげもなく服を脱ぎはじめる。手伝うべきだとわかっているのに、できなかった。

その代わりにイーゼルとキャンバスを準備する。木の根っこが突き出ている部分があったので、それを椅子にしてイーゼルとキャンバスを構えた。

ぴちゅ、ちゅ……と鳥の囀《さえず》りが聞こえた。のどかだ。

レオポルドは腰布一枚で湖のほとりに座っている。まるで神話の一場面のようだった。

美貌の神が鎮座しているように思えてならない。

　コリンヌはごくりと喉を鳴らし、レオポルドに近づく。

「あの……触っても、いいですか？」

「え？」

「手触りを知ることも、絵を描く上で大切ですので……」

「あぁ、そういうことか。もちろん、どうぞ」

　レオポルドは珍しく気恥ずかしそうだ。

　叢《くさむら》の上に膝をつき、レオポルドの肩にそっと両手を添える。

　肩から手先のほうへ両手で辿る。肌はすべやかだが、思っていたよりも硬い。

　――どうしよう……全身に触ってみたい。

　絵の対象として興味があるのか、レオポルドだからこそ触りたいと思うのか、自分でもわからなかった。

　とにかく触れてみたくて、たまらない。隅々までしっかり目にしたい。

　ふと、彼の胸に目を向ける。薄桃色の小さな乳首がちょこんとついている。

　触れてよいものかと迷ったが、この箇所も描かなければならない。

　手触りを知っているのと知らないのでは、絵にも影響するとコリンヌは考えていた。

　どきどきしながらレオポルドの乳輪を指先で押す。少しざらついている。

小さな乳首を指で撫でつける。

「……っ」

レオポルドが短く息を吸うのがわかって顔を上げる。彼はほほえんではいるものの、耐えるような表情だ。

「くすぐったいですか？　ごめんなさい」

「いや……うん……」

彼の呼吸があからさまに荒くなってきた。

「レオポルド様？　どうなさいました？」

乳首に触れられて気分が悪くなってしまったのだろうかと心配になり、コリンヌは彼の顔を見上げる。

「……っ、だめだ」

レオポルドは自身の金髪をぐしゃぐしゃと掻《か》き乱す。

いったいなにが「だめ」なのか、コリンヌにはわからない。

髪の毛が乱れていても、いや、だからこそというべきか、凄まじい色気が漂ってきてどきりとする。

彼の胸に添えていた手を掴まれ、腰を抱かれる。ひとつ瞬きをするあいだに唇が重なる。

いささか強引なキスだった。

「ん、ぅっ⁉」

なぜ急にキスをされているのかわからず困惑する。

唇を離すと、レオポルドはコリンヌの肩に顔を埋めた。

白い腰布の向こう側が高々と隆起していることに気がつく。

「そんなふうに触《ふ》れられたら、私だって触りたくなる」

レオポルドは艶めかしく息をつく。苦しげで、切なげな表情を浮かべている。

「ですが……だ、だめ、です。護衛の方々が……」

「彼らがようすを見にくる、と？　大きな声を出さないかぎり、来ないと思うよ」

両頬を摑まれ、ふたたび唇同士が合わさる。

舌と舌を絡め合わせる深いくちづけを施される。肉厚な舌が口腔を這いまわり、執拗に舌を嬲る。水鳥が水中へ飛び込むときのような水音が立った。

レオポルドはコリンヌの口腔で舌を遊ばせながら侍従服を乱していく。そうして衣服を脱がされるのを心地よく思ってしまっている。

――わたしだって、レオポルド様に触りたかったのは、下心があったから……。

純粋に絵を描くためだけに触れていたのではなかったのだといまさら気がついた。

不埒な欲求があったのだ。だからきっと、こんなところで睦み合ってはいけないと思う気持ちがどんどんしぼんで、彼を求めてしまう。

「コリンヌ……ッ」

切羽詰まったような、くぐもった声が聞こえる。伯爵領へ来てからは寝室が離れたので、人目を盗んでこっそりとキスをする程度で、肌の触れ合いはいっさいなかった。

レオポルドはコリンヌの服を脱がせながらも、肌を確かめるように両手で弄《まさぐ》る。温かく大きな手のひらにはいつも安心と熱情を与えられる。触れられた箇所がどんどん焦れて、全身が熱くなる。

そうしてコリンヌもまた生まれたままの姿になった。いつの間にか髪も乱され、腰まである黒髪が背や胸のほうへ流れていた。

絵を描くために裸になっていたレオポルドとコリンヌとでは同じ裸でも違う。これからふたりで、他人には言えないようなことをするために一糸まとわぬ姿になった。

背徳感に襲われるものの、いまさら服を着るなどできなかった。

レオポルドの碧い双眸が情欲を宿してこちらを見つめている。

もう止《と》められない。やめたくない。彼が欲しいし、求められたい。

「私の上に」

体の芯をくすぐるような甘い声に誘《いざな》われて、彼の膝の上に跨がる。脚を左右に広げてそうするのはとてつもなく恥ずかしいのだが、彼が「上に」と言ったときにはいつもこの体勢なのだ。

コリンヌが心得ているることに満足しているのか、レオポルドは緩くほほえんで頰にキスをする。

彼の手は背中をすうっと撫《な》で上げて黒髪を指に絡めたあとで前のほうへとやってくる。

「コリンヌの乳房は……すごく、まろやかだよね」

両手で持ち上げるようにして胸を摑まれ、ふにふにと揉まれる。

蕩けるような笑みをたたえてレオポルドはコリンヌの乳房の形をさまざまに変える。

「ん……ふ、んぅ……」

じいっと見られている。ふと彼が、伯爵家のギャラリーでリュカの絵を鑑賞していたときのことを思いだした。少しの見落としも許さないような、まっすぐな視線がいま、自分に注がれている。

恥ずかしくて俯くものの、彼の膝の上に乗っている状態では、下を向いているほうが顔の距離が近くなる。

かといってそっぽを向けば、嫌がっているように見えるだろう。

――嫌だなんて、少しも思わないもの。

痴態を晒してばかりの自分が嫌になることはときおりあるが、彼にされて『嫌だ』と思うことは一度もなかった。

彼の手はいつだって優しく、情熱的に触れてきて、この上ない快楽をもたらす。

レオポルドはコリンヌの胸を中央に寄せた。

「かわいい蕾がお行儀よく並んでいるよ」

まるで「胸元を見てごらん」と言わんばかりの口ぶりだ。レオポルドはふたつの胸飾りにちゅっとくちづける。愛おしげな眼差しで、何度も啄まれた。

「ぁ、あっ……うぅ」

胸のいただきをふたつ同時にちゅうっと吸われ、下腹部がトクトクと脈づきはじめる。レオポルドはコリンヌの濡れた胸飾りを指でトントンと叩く。そのあとは二本の親指で交互に突かれた。

「遊んで、いらっしゃいます……？　ん、んふっ……」

「……そうかもしれない。そんなつもりはないのだけれどね」

レオポルドは碧眼を細くして身を屈める。

「この小さな棘は、きみと同じですごくけなげで敏感だから……つい」

「……っ、あぁっ……！」

並んでいる屹立を、ざらついた舌でべろべろと舐めまわされる。

薄桃色の棘をふたつ、一緒くたに口に含まれ、舌で転がされた。

「やぁあっ、それ……うぅ、あっ……んんっ」

コリンヌが無意識に腰を揺らすと、脚のあいだにある彼の一物を擦ることになる。

「……ッ、コリンヌ。あまり、動かないでほしいな……」

言われて気がつく。下を見れば、男根のいただきからは先走りの液体が溢れていた。

「ご、ごめんなさい」

コリンヌは視線をさまよわせる。

「あの……お辛い、ですよね？　でしたら、ええと……っ」

自ら「挿れて」と言うのは憚られたので口ごもっていると、レオポルドはくすっと笑った。

「ありがとう。でもまだ……。きみをもっと気持ちよくしてから」

熱のこもった視線と、恍惚とした笑みを向けられればそれだけで充分「気持ちよく」なるのだとは、恥ずかしさに邪魔をされて言えなかった。

ぴんっと尖りきっているコリンヌの胸飾りをしげしげと眺め、レオポルドはそのまわりをちゅう、ちゅうっと吸い立てていく。

白い乳房には無数のキスマークが散る。

「明るいから、よく見える」

どこか満足げに彼が言った。

「み、見ないで……ください」

「きみはさっき私のことを穴が空く勢いで見ていたのに？」

「それは、絵を描くために……」

「本当にそれだけ?」

ああ、見抜かれている。下心があったことを。

「だって……きれいだから」

震え声で呟けば、レオポルドは困ったような顔で笑う。

「そんな顔をされると、徹底的にかわいがりたくなる」

くるりと体を回転させられ、彼が見ているのと同じ湖のほうを向く。太ももの内側をなぞられ、ぞくぞくと戦慄《わなな》くのと同時に、足先に力がこもった。

指は秘めやかな裂け目に触れるか触れないかのところを這う。

「あ、ん……んっ……」

陰唇の際を指ですりすりと辿られる。敏感なその箇所に、当たりそうで当たらない。

指は中心を避けて恥丘へ移ろう。浅い茂みの上をくるくるとまわっている。

彼のもう片方の指先も同じで、胸のいただきを絶妙に避けて乳輪を周回している。

――もっと気持ちよくするって、おっしゃったのに……!

いや、いまだって気持ちがいいのだが、とにかくじれったい。

「レオ……」

呼びかけると、レオポルドは息を漏らして笑った。

「おねだりするときは、愛称で呼んでくれるんだね？」

足の付け根にある花核と、胸の蕾へと彼の長い指が近づいていく。

「もっと呼んで……」

吐息まじりの甘い掠れ声を耳に吹き込まれ、体がじりじりと熱を帯びる。

「レオ……ッ、レオ……！」

息を荒らげながらコリンヌが呼べば、レオポルドは首筋を強く吸って応える。それから、足の付け根で燻《くすぶ》っていた珠玉と胸飾りをそれぞれ指でつまみ上げられた。

「あぁあっ……！」

やっと触れてもらえた悦びでコリンヌは背をしならせる。

二本の指で挟まれた珠玉と胸飾りを、湖のあるほうへときゅ、きゅっと引っ張られる。

「ふっ、ぁ、あっ」

引っ張られるたびに高い声が出る。あまり騒いではいけないとわかっているのに――いや、だからなのか――吐息を含んだ声が溢れる。

「コリンヌ……淫らでかわいい、私の恋人」

「んぅ、ふぅ……っ」

コリンヌは目を伏せる。

――『恋人』だなんて、わたしには縁のない言葉だと思っていた。

ベルナール伯爵家のために嫁ぐことになっていたとしても『恋人』ではなく誰かの『妻』になる。

宮殿へ行き、レオポルドと出会い、彼と秘密の恋人になった。そのことが幸せだし、少しの後悔もない。

「愛して、います……レオ……！」

いま、できるかぎり伝えておきたい。もしも彼が妻を娶ることになれば潔く身を引くつもりでいるが、密《ひそ》かに想い続けていたい。

――きちんと想いを伝えられるのは、いましかないのかもしれないのだから。

愛していると告げることが、できなくなるかもしれない。

だったらいま、全力で愛を伝える。

誰よりも彼を愛しているのだと、いまだけは――。

「……ッ、コリンヌ……！」

くぐもった声のあと、首筋にまたちくりとした痛みが迸る。それすらも愛おしくて、たまらない。

胸を摑んでいた彼の手に力がこもるのがわかった。薄桃色の先端を激しく嬲られる。

足の付け根のほうも、捻ったり押しつぶされたりと、忙《せわ》しなく花芽を刺激される。

「あぁ、あっ、ふぁあっ……！」

愛しい気持ちとともに体も、どんどん高まっていく。

レオポルド以外のことはもうどうでもよくなってしまいそうなほどの、溺れるような快楽とともにコリンヌは果てを見た。

「……っ、は、ぁ……」

ビクッ、ビクッと体がひとりでに脈動する。

連続してドッ、ドッ、ドッ……と心臓が鳴っている。

弛緩《しかん》しきっているコリンヌの乳房を、レオポルドはふにふにと揉む。花芽を弄っていた指先が下へずれて、蜜口の浅いところをくちゅくちゅとくすぐる。

「ん、ふぅ……ん、あぁ……」

レオポルドの指は媚壁を広げながら先へ進むと、ある一箇所を擦りはじめる。

「ひゃ、あっ……ぅ……!?」

それまでの快感とはなにかが違う。気持ちがよいのは変わりなかったが、焦燥感も込み上げてくる。

「だ、だめ……です、レオ……ッ!　な、なにか……わたし……あ、あぁっ」

彼の指の動きはひどく緩慢だというのに、少しずつなにかを引き上げられていくような、あるいは引きだされていくようだった。

「大丈夫だよ、コリンヌ。なにも怖くないから……」

優しい声音に安心するものの、やはり焦燥感は拭えない。

体の中、お腹側のその箇所を指でトン、トンと叩かれることはこれまでもあったが、これほど執拗に触れられるのは初めてだ。

レオポルドはそこだけでなく、胸の蕾と下半身の花芽を親指で捏ねはじめる。

蜜壺内への刺激とあいまって、いまだかつて感じたことのない強烈な悦楽に見舞われた。

「わ、わたし、おかし……ぃっ……な、なにか、出……ぁ、ふぁあぁあ……っ！」

気持ちがよすぎて、おかしくなる。

「うん……いい、よ」

耳元で紡がれた彼の言葉に呼応するように、下腹部がビクビクと痙攣《けいれん》した。そして陰唇からなにかが噴出する。透明の液体が、湖畔の叢に散った。

なにもかもが夢見心地で、自分の体すらふわふわと浮いているようだった。

息を荒くして呆然としているコリンヌの蜜道の入り口から最奥まで、レオポルドは指で隈《くま》なく探る。

「……とろとろになってる。気持ちよかった？」

恥ずかしさを押して頷けば、レオポルドが小さく笑うのがわかった。

「きみの中に入りたいな」

もうずっと、お尻のあたりに彼の雄物が当たっている。

硬く猛々しい男根がぐいぐいと主張してくる。

コリンヌは押されるようにして叢の上に両手をつき、四《よ》つん這《ば》いになる。

「温かくて窮屈な、コリンヌの中に……」

腹部から胸にかけて大きな手のひらが這い上がって、薄桃色の尖端《せんたん》をつまんで揺らす。

「ぁ、んっ……！」

「ね……コリンヌ。いい？」

雄杭の先端で花芽を嬲られた。

彼はずっと我慢してくれていた。彼の気持ちに、身も心も応えたい。

コリンヌは彼のほうを向いてから小さくこくりと頷いた。

レオポルドは嬉しそうにほほえんで、コリンヌの腰に手を添える。

――けれど……レオポルド様にお尻を向けているなんて……。

失礼だし、恥ずかしい。

「あの、わたしやっぱり前を――」

ところがコリンヌがすべて言い終わる前にレオポルドは男根の先端を蜜口に沈み込ませた。

「ん？　なにか言った……？」

優しい声でそう尋ねられたものの、大きな一物が狭道を押し広げながら進んでくるので、話をすることができない。

「あ、わ、わた……し……ぁ、ああっ」

ぐち、ぐちゅっと、圧迫感を伴った水音が響いて陽根が最奥まで届く。

——深い……！

隘路の行き止まりを、より強く押されているような気がする。

彼の硬直が自分の中にすっぽりと嵌《は》まり込《こ》んで、満たされている。

少しでも前後されると、大声で叫びたくなるような享楽に襲われる。

「ん、んんぅっ……！」

コリンヌは大声を上げないようにと必死に歯を食いしばる。そのことに気がついたらしいレオポルドが優しく言う。

「大きな声を出さないように我慢している？　……えらいね、コリンヌ」

穏やかで優しく、砂糖菓子のように甘い声だった。

よしよしという具合に後頭部を撫でられ、脇腹が震える。きっとなにをされても快感を覚える。彼が好きで、愛しくて、いまこのときだけは彼を独り占めしていることが嬉しくてたまらなかった。

「……っ、いつにも増して私を締め上げてくる」

レオポルドがぽつりと呟く。

「ご、ごめんなさ……」

「嬉しいんだよ?」

己の感情を体現するようにレオポルドは女壺で男根を泳がせる。

「あぅ、んっ……ん、ふぅ」

体の内側を擦られるこの感覚には、いつまでたっても慣れない。どれだけそうされても気持ちがよくて、刺激的で――きっと一生涯、慣れることはない。

「んん……この体勢だと、きみの表情がわからないな。ねえ……コリンヌ。気持ちがいいかそうでないか、言葉で教えてくれる?」

「え、っ……!?」

きっと他意はない。レオポルドは純粋に『知りたい』のだ。そういう人なのだと、コリンヌはよく知っている。

だから恥ずかしがらずに、真面目に答えなければならない。

わかっているのに、出てくるのは「あぁ、んんぅっ……」という喘ぎ声ばかりで、想いを伝えることができない。

「コリンヌ……」

律動で揺れる乳房をレオポルドが下方から掴む。

彼は乳房を掴んだまま、ピアノを弾くときのように指を動かす。薄桃色の棘が右へ左へと揺さぶられる。

じかに触れられているわけではないのに――だからこそというべきか――気持ちがよくて下腹部に熱が集まっていく。

「き、きもち……で、す……ぅ、うっ」

うまく話せなかった。それでも彼には伝わったらしい。レオポルドが笑うのが、息遣いでわかった。

「ああ、本当に……きみはどうして、こんなにかわいいんだろう」

たっぷりと息を含んだ声でそう言うと、彼は胸の尖りをふたつともつまんで地面のほうへと引っ張った。

「あ、ぁっ……ひぁあっ……！」

そこに触れてもらいたくて焦れていたコリンヌにはとてつもないご褒美だ。

内奥を突かれながら胸飾りを捏ねまわされる。どれだけ気持ちがよくても、叫んではいけない。護衛男性たちに不審がられるわけにはいかない。

抑え込もうとするほど背徳感が募り、同時に快感も強くなっていく。

「ん……ぅ」

レオポルドも気持ちがよいのか、小さな呻き声が聞こえた。彼のそういう声をもっと聞きたいと思ってしまう。

——けれどそんなこと、言えない……！

吐息たっぷりに喘いでいる声が聞きたいなどと、正直に言えるはずがない。

正直な気持ちには、自分の声と一緒に蓋をする。そうすることが正しいのだと、コリンヌは自分に言い聞かせた。

胸の蕾を弄りまわしていた手が腹部を通って脚の付け根へ向かう。

「そ、そこ……ぁ、やぁっ……」

「嫌だった？」

コリンヌは力いっぱいぶんぶんと首を横に振る。

「いま……そこ……だ、だめ……なんです……うぅっ」

レオポルドは息を漏らして笑ったあとでコリンヌに尋ねる。

「どうして？」

「だ、だって……ぁ、あぁっ」

体内で円を描かれている。雄杭が内壁を隈なく突きまわっている。下腹部を目指して這っていったのと別の手は、相変わらず胸の蕾を押しつぶしたり捻ったりしている。

それだけでも意識がどこかへ飛んでいってしまいそうなのに、脚の付け根の小さな豆粒まで弄られてしまってはいよいよ正気を保っていられなくなると思った。

「これ以上は、気持ちがよすぎておかしくなってしまいます……！」

先ほど自分の気持ち——レオポルドの喘ぎ声が聞きたいということ——を呑《の》み込《こ》んだ反動なのか、つい正直に吐露してしまった。

レオポルドは一瞬、ぴたりと動きを止めた。

「そう……か。うん……ごめんね」

「ふ……っ？」

なぜ彼が謝るのか、わからない。彼の顔を見ようと、身を捩って後ろを見る。彼はうっとりとほほえんでいる。

「私はきみに、おかしくなるくらい気持ちよくなってほしいと思っているんだ」

「ひ、あっ——」

ずんっ、と勢いよく突き込まれたせいで、彼の顔を見ていることができなくなった。

「だから……触る、よ」

潤みを帯びた秘裂に指が沈み込んでいく。

「あぁ、あ、ぅっ……！」

彼の指先がほんの少しだけ珠玉に触れる。とたんに快感が倍増してコリンヌの全身を甘く苛《さいな》む。

「ひぅう、ぁあ、あっ……やぁっ」

捏ねられて、突かれて、つまみ上げられる。ときには強く引っ張られ、逆に押し込まれることもある。

ぐちゅっ、ぐちゅうっと水音は激しさを増す。

木々の高いところで鳥が囀っていたはずだが、聞こえなくなった。

ほかのことはもうなにも考えられない。

「レオ……ッ、わ、わたし、もう……！」

「……ん、私も……だ」

レオポルドは性急な動きで陽根を外へと逃がして吐精した。

ふたりともが息を荒くしていた。

両手にも両足にも力が入らない。頭は『考える』ということをやめてしまったらしい。

心地よい余韻を残してすべてがうやむやになっていく。

「……っと」

崩れ落ちそうになったコリンヌをレオポルドがしっかりと支える。

「大丈夫？」

コリンヌは頷くことしかできなかった。

背中をちゅうっと吸われる。独占を示す赤い花びらが背に散っていくことにコリンヌは気づかない。

「そういえば、なにか言いかけていたよね？」

——わたし、レオポルド様の喘ぎ声が聞きたいって、言いかけたかしら⁉

しかしコリンヌは、言いかけていたのはそのことではないとすぐに気がつく。

「は……はい。あの、後ろ向きでは失礼だし恥ずかしいので、できれば前を向いてから……と」

そのことを口にするのも恥ずかしかったが『喘ぎ声が聞きたい』という欲望よりは何倍もましだ。

「ああ、なるほど。では、こうだね」

体を支えられ、前を向いて彼に跨がる恰好になる。

「え、えっ?」

レオポルドは満面の笑みを浮かべている。彼の下腹部はいつの間にか膨らみを取り戻していた。

「さっきはきみの表情がわからなかったから……今度は真正面から見ていたいな」

「あ、あの……ですが……っ」

彼はいつだって笑顔で、そして本気だ。

「愛しているよ、コリンヌ」

その言葉と同時に強い風が吹いて、湖面に波紋が広がっていった。

第五章　王子殿下との秘密の関係はもうおしまいです

ベルナール伯爵領からリティルエ宮殿へ戻ってきたコリンヌは、レオポルドの執務室へ向かいながら小さく息をついた。

――また、レオポルド様のお姿を描くことができなかったわ。しかも湖で……あ、あんな……！

頬が熱くなってしまったコリンヌは宮殿の廊下を早歩きした。少しでも風を当てて頬を冷ましたかった。

あとから冷静になって考えてみると、とてつもなく恥ずかしい。屋外だったにもかかわらずあれから二回、三回と繋がりあった。

いまになって背徳感に襲われているものの、嫌だという感情は少しもなかった。終始、気持ちがよくて、幸せだった。

彼はどんな小さなことでも気遣ってくれる。大切にされているのだと実感する。

レオポルドの執務室に着く。扉は開けたままになっていたので「おはようございます」

と言いながら部屋に入った。

するとレオポルドは慌てたようすで羽根ペンをスタンドに戻し、机の上に分厚い書物を置いた。

「お、おはよう」

どこかよそよそしい。

「……なにか書き物をなさっていたのでは？」

「えっ？」と、彼が声を裏返らせる。

「いいや、なにも」

――けれど羽根ペンを持っていらっしゃったわ。

自分の席へ行く途中で、ちらりとレオポルドの机を盗み見る。書物の端から、花の絵がはみだしていた。

――あれはわたしが縁飾りを描いた紙……。

では彼は手紙を書いていたということになる。

――どなたに？　なぜ隠す必要が……？

コリンヌは追及するようにじいっとレオポルドを見つめる。すると彼はあからさまに動揺したようすで視線を逸らし、口笛を吹きはじめた。ますます怪しい。

「レオポルド様？　どなたかに手紙を書――」

「おはようございます」

ブリュノがやってきたのでコリンヌは言葉を切る。

「おはよう、ブリュノ！　さっそくだけれどリュカとふたりで兄上のところへ行ってもらえないかな」

「かしこまりました。行きましょう、リュカ」

コリンヌは「え、あの」と言葉を濁したが、それ以上はなにも言うことができず、レオポルドの執務室をあとにした。

——わたしたちを部屋から出して、手紙の続きを書かれるおつもりなのだわ、きっと。

レオポルドの兄、王太子クリストフの執務室へはブリュノとふたりでよく行くことがある。行けば必ずなにかしら用事や伝言を頼まれるので、無駄足にはならない。

ゆえにレオポルドの手が空いているときはクリストフのもとへ使いに出されることがあるのだが、今回はどう考えても執務室から追いだされてしまった。

コリンヌはクリストフの執務室へと歩くあいだもずっと、レオポルドが誰に手紙を書いていたのかが気になって仕方がなかった。

「どうしました、リュカ。怖い顔をして」

「えっ？　わ、わたし、そんな顔をしていましたか」

「ええ。それはもう。私でよければ話を聞きますが」

しばしためらったあとでコリンヌはブリュノに相談する。

「はい、あの……先ほどレオポルド様は手紙を書いていらっしゃったようなのですが、どういうわけかわたしたちには隠してしまわれて。いったいどなたに宛てたお手紙なのだろうと、気になってしまい……。こういうことって、以前からありますか？」

「いいえ、ありませんね。そうですか、殿下が隠れて手紙を……。そうなると恋文かもしれませんね」

「こっ、恋文⁉」

「そうです。ついに殿下にも想い人ができたのでしょうか。わざわざ手紙をお書きになるということは、お相手は遠く離れた場所にいらっしゃるのでしょうね」

コリンヌは立ち止まり、口をぱくぱくと動かす。

「……おや、そんなにうろたえて。主の恋を応援できない理由でも？」

「いっ、いえ、そんな……ことは。応援、いたします。もちろん……」

そうは言ったものの、声は震えて瞳には涙の膜が張っていた。

「……リュカ？」

ブリュノの気遣わしげな声が上から降ってくる。無意識のうちに俯いてしまっていた。

――だめ。泣いてはだめ。いまは仕事中なのだから。

「ごめんなさい、なんでもありません」

コリンヌは顔を上げてほほえみ、歩きだす。

それから、クリストフから書類を預かってレオポルドの執務室に戻った。レオポルドの姿はない。机の上に広げられていたはずの手紙もない。

手紙は公私に関わらずコリンヌかブリュノが郵政機関へ持っていくのが慣例だが、レオポルドは自ら行ったのだろう。

――わたしに見られてはいけない手紙だから？　もしくは、できるかぎり自分の手で想い人へ届けたい気持ちがあるのかも。

――いいえ、まだ想い人への手紙だと決まったわけでは……。

しかしレオポルドに長年仕えてきたブリュノが言うことなのだ。間違いないのでは――。

両手が震えだす。ぎゅっと拳を握ることでコリンヌは平静を保とうとする。

――レオポルド様にほかの想い人ができたとしても、わたしが成すべきことは変わらないわ。

画家として、侍従として真摯に働き、伯爵家を再興する。

コリンヌは拳で二度ほど頬を叩き、深呼吸をしてから自分の席についた。

黙々と書類の整理や言いつけられていた清書をしていると、ダミアンが現れた。

コリンヌは椅子から立ってダミアンに言う。

「あいにくレオポルド殿下はご不在でして……」

「かまいません。きみに用があって来ました」

「わたしにですか？」

「そう。私の肖像画を描いてもらえませんか。できればいまから」

「い、いまからですか？」

コリンヌはブリュノを見遣《みや》る。レオポルドが不在のいま、ブリュノに尋ねるほかない。

「では給仕の者も一緒に連れていかれてはどうでしょう」

ブリュノがそう言うので、コリンヌは「わかりました」と返して執務室を出た。途中で侍女の休憩室に寄り、給仕を頼んでついてきてもらう。

「サロンへ。画材はこちらで準備しています」

侍女と一緒にダミアンについていく。

――けれど、急に「肖像画を描いて」だなんて……どうして？

ダミアンにはアシルがいる。アシルの描く絵はどこかミステリアスで、コリンヌが描くものとはまた違っているが、彼はすばらしい芸術家だ。

アシルに頼めばよいものを、と思ってしまったが、せっかく依頼されたのだからそのようなことは言えない。しかしダミアンのことはどうも苦手だ。

彼とは議会の前後や、廊下ですれ違うことがある。そしてことあるごとに「女性の画家はだめだ」と批判される。

——わたしが女性だと知られているわけではなさそうだけれど……。

ダミアンはほうぼうでそう言いまわっているのだとレオポルドから聞いた。ゆえに、彼が首を縦に振らないかぎり女性画家を認める法律は議会で承認されないのだ、と。

サロンに着くなりダミアンはソファに座った。侍女が給仕をしてくれる。コリンヌはソファの向かいに置かれていたスツールに腰かけ、木炭を手に取りデッサンを始めた。

「ダミアン様はなぜ女性は画家になってはいけないとお思いになるのですか？」

思いきって訊いてみた。コリンヌが唐突に質問したからか、ダミアンは驚いたように目を見開いた。

「女性が男性の裸体を描くなどもってのほかでしょう」

コリンヌはぎくりとする。

「ごもっとも、かと……思いますが、それでしたらなぜ男性の画家は女性の裸体を描いても咎められないのでしょうか？」

思いもしないことだったのか、ダミアンは狐《きつね》につままれたような顔になる。

「それにもし男女が夫婦だったら？　女性の画家が夫の裸体を描くことは自然だと思うのです」

——わたしはレオポルド様の妻ではないわ。

自嘲しながらも、いまはそれは関係のないことだと割り切ってコリンヌは話し続ける。

「絵画の対象は裸体ばかりではありません。もちろん歴史画として裸体が重要視されていることはわかっているつもりです。それでも、弾けるような笑顔であったり、物憂げな表情だったり……神からの贈り物と見まごう景色であったり。それらを描《えが》くのに、男女の差を意識する必要があるでしょうか」

ダミアンは渋面を浮かべて黙り込む。

「……きみはずいぶんとおしゃべりですね。絵を描くときはいつもそうなのですか？」

「い、いえ……」

「では集中なさい」

コリンヌは小さな声で「はい」と返事をして、そのあとはずっと黙り込んで手だけを動かした。

「――さて、もう終業の時刻ですね。きみはもう少しこの部屋にいるように。給仕の者は私とともに部屋を出るように」

ダミアンはソファから立つと、侍女を伴ってサロンを出ていってしまう。

広いサロンにぽつんとひとりきりになった。なぜ自分だけこの部屋に残されてしまったのか、わからない。

コン、コンと扉がノックされた。コリンヌが返事をする前にドアが開く。

ダミアンが戻ってきたのだと、一瞬だが勘違いした。

「アシル様……」

ダミアンとアシルは面立ちが似ている。ダミアンの肖像画を描いたことで、それがわかった。

「きみに話がある、と……ダミアン様に言ったんだ。そうしたら、肖像画を描いてもらう体で誘いだすから、って……」

「そう……なのですか？　ですがお話しするだけでしたら、わざわざ肖像画を描く体でなくても、参りますよ」

「特別な話なんだ。ふたりきりじゃなきゃ、できない……」

「え……」

――もしかして、わたしが女性だとばれてしまった⁉

どきどきしながらアシルの出方を待つ。

「す……好き……なんだ」

アシルの頬は紅潮していた。きょとんとするコリンヌをよそにアシルは言葉を継ぐ。

「きみみたいな少年に恋をしてしまうなんて自分でも信じられないけど……好きなんだ……！　それに、きみのこと……どうしても男だとは思えなくて」

コリンヌは、すぐには言葉を返せなかった。男装して彼を――周囲を――騙している罪悪感が、どっと押し寄せる。胸が苦しくなるのを感じながらもコリンヌは言う。

「申し訳ございません。ほかに想う人がいるのです。アシル様のお気持ちには、応えられません」

アシルは唇を引き結び、深く項垂れる。

「そっか……。わかった。もう、行っていいよ。気を煩わせてごめん」

「いえ、とんでもないことでございます。……失礼いたします」

サロンを出て、とぼとぼと廊下を歩く。

頭の中はごちゃごちゃだった。まさかアシルに想いを寄せられているとは思ってもみなかったし、いよいよ男装で通すのには無理があるのではないか。

——ほかに想う人……。

自分で言ったことだが、そう告げられたアシルの気持ちがわかるような気がした。

レオポルドにだって『ほかに想う人』がいるかもしれないのだ。この世の終わりのような気持ちになる。

コリンヌは自分でも気づかぬうちに下を向いて廊下を歩いていた。そうして誰かにぶつかりそうになり、はっと我に返る。

「レオポルド様」

コリンヌの『想い人』は眉根を寄せて微笑している。

「ああ、コリンヌ……いまにも泣きだしそうな顔をして。きみがダミアンに言われて彼の肖像画を描いているとブリュノが言っていたけれど、いったいなにがあったの」

コリンヌはすぐには事情を説明することができず、ひとまず質問を返す。

「レオポルド様は、どうしてこちらに？」

彼は公務で宮殿を出ていたはずだし、この廊下は宮殿の入り口から執務室へ向かうのとは反対の道だ。

「きみのことが気になって。……ようすを見にきてしまった」

レオポルドは苦笑しながらあたりを見まわしたあとで、近くの倉庫部屋にコリンヌを連れ込む。

扉を背にして立つコリンヌの真正面にレオポルドが構えている。

――どうして？　レオポルド様のお顔を見ることができない。

「ダミアンになにかひどいことを言われた？　ブリュノの話では、給仕の者も連れていっているはずだ、と。ダミアンとふたりきりではなかったのだよね？」

「はい、あの……ダミアン様とはふたりきりではありませんでしたが、そのあとアシル様がいらっしゃって……。そのとき、給仕の方は部屋にいなくて」

たくさんのことを一度に考えていたせいでいまだに混乱している。きちんと話すことができずにたどたどしい物言いになる。

「ごめんなさい、わたし……アシル様とふたりきりに」

「……それは、いったん置いておいて……。アシルになにかされた？」

コリンヌは瞳に涙を溜めたままふるふると首を振る。

「その……わたしのことが……好きだ、と」

両肩に添えられていた彼の手に力がこもるのがわかった。互いにしばし沈黙する。

カーテンが閉めきられた薄暗い倉庫部屋なので、レオポルドの表情はよくわからない。

「男装していても、きみは魅力的だからね。惹かれるのは、充分すぎるほどわかるよ」

怒っているような、低い声。唇と唇が性急に重なる。そうかと思えばすぐに灼熱《しゃくねつ》の舌が口腔に侵入してきた。深い繋がりを求めるように舌と舌が縺《もつ》れる。

「愛している、コリンヌ。絶対に余所見《よそみ》はしないで」

「し、していません。わたしは……レオポルド様が好き」

「そのことを、アシルにきちんと言った？」

「え、ええと……ほかに想う人がいる、と」

ところがレオポルドは依然として不満そうだ。

「きみの恋人は私だと、いますぐ……アシルに聞こえるように叫びたいくらいだ」

ふたたび唇が重なる。

——でもレオポルド様は？　余所見、していない？

不安が頭を擡《もた》げてくるものの、それには蓋をする。いま考えるべきことはほかにある。

唇が離れたあとでコリンヌは息を整える。覚悟を決めて顔を上げ、彼を見つめる。

「わたしは……もうこれ以上、男装して周囲を欺いてはいけないと思うのです」

コリンヌの真剣な顔を見下ろして、レオポルドはゆっくりと頷いた。

「うん……じつは私も、そろそろ頃合いだと思っていた。『リュカ』が『コリンヌ』だと告白しなければ結局、きみは女性画家として活躍できない。だからいずれは、周囲に打ち明けなければならないと」

コリンヌは震え声で「はい」と返事をする。

「……怖い？」

温かな手が両頬を覆う。コリンヌは彼の手に自分の両手を重ねた。

「怖いです、が……わたしは大丈夫です。レオの手が……温かいから」

この温もりにはいつも安心を与えられてきた。レオポルドは嬉しそうに笑っている。

「ベッド以外でも『レオ』って呼んでくれて、嬉しいな」

「あ……」

ついそんなふうに呼んでしまった。

「皆の前でも、そう呼んでくれていいんだよ？」

「い、いけません。絶対にだめです」

すると彼は唇を尖らせる。その形のまま、くちづけられた。

今日は夕方から議会が催される。レオポルドと相談の末、コリンヌは今日の議会に本来の姿で臨席することになった。

太陽が顔を出したころ。かつらはつけず、胸には晒も巻かずにコリンヌは部屋を出る。

「おはよう、リュ――え、えっ？」

顔見知りの侍従に声をかけられたコリンヌは「おはようございます」と言い会釈した。

そうして廊下で何人かの侍従とすれ違った。皆が驚きに目を瞠っていたが、そのたびにコリンヌは「いままで申し訳ございませんでした」と頭を下げた。

ようやく侍女たちの休憩室に着く。コリンヌは深呼吸をして扉をノックした。

「みなさん、おはようございます」

コリンヌが入っていくと、侍女たちは皆がぽかんと口を開けた。

「わたしの本当の名前はコリンヌ・ベルナールと申します。いままで弟のリュカになりすましていました。わけあってのこととはいえ、みなさんを騙していて……本当に申し訳ございませんでした……っ」

一息に言って深く頭を垂れる。しばしの沈黙が流れる。そのあいだずっとコリンヌは頭を下げていた。すると「ふふっ」という笑い声が聞こえてきた。

「いつまでそうしていらっしゃるのですか？　コリンヌ様。どうかその麗しいお顔を上げてください」

　コリンヌはゆっくりと顔を上げる。

「よろしいのですよ、コリンヌ様。充分、楽しませていただきましたので！」

「そうです。皆、コリンヌ様のお人柄を好きになったのですよ。男性だろうと女性だろうと、関係ありません」

　笑顔でいてくれる侍女たちを見まわす。

「みなさん……ありがとうございます」

　皆の優しさに、瞳が潤む。

「ああ、でもようやくわかりました。先ほどレオポルド殿下がいらして、朝いちばんにこの部屋にやってくるレディにこちらのドレスを着つけてあげてほしいと言われたのです」

　侍女が掲げたのはマンチュア——ガウン後部に長いトレーンがあるドレス——だった。

　胸元のストマッカーには緑の織地に金銀の糸で花模様が刺繍されている。

「レオポルド殿下が自らデザインなさったのだそうですよ！　このような素敵なドレスをお召しになるなんていったいどんなご令嬢かと思っておりましたけど、リュカ様——じゃなかった、コリンヌ様でしたら、文句はありません！」

「さあ、コリンヌ様。どうぞ奥の部屋へ」

　言われるまま、コリンヌは侍女たちに化粧を施してもらい、髪も結い上げてもらう。

鏡を見るなりコリンヌは大きく息を吸い込んだ。

「いままでのわたしじゃないみたいです……！」

「もちろんです。あなたはリュカ様ではなくコリンヌ様なのですから」

侍女がウィンクするのが鏡越しにわかった。コリンヌは侍女たちに礼を述べて休憩室を出て、レオポルドの執務室へ向かう。その途中でブリュノに会った。

「ブリュノさん、おはようございます」

ついいつものように話しかけてしまったあとで、コリンヌはいま自分が男装していないことに気がつく。

「失礼しました、わたしは……ええと」

「おはようございます、リュカ」

「……………えっ？」

「おや、違いましたか？」

「いいえ、そうです。リュカ……になりすましていた、コリンヌです。もしかしてブリュノさんは、ご存知でしたか？」

「初めて握手をしたときから、そのような気がしていました」

「そ、そんなに前から⁉　……申し訳ございませんでした、いままで騙していて……」

「いいえ。むしろありがとうございます。レオポルド殿下のお相手が務まるのはあなたしかいないでしょう」

　コリンヌは目を丸くして「なぜですか?」と問う。

「殿下は型破りでいらっしゃるので。ふつうの貴族のお嬢様ではとても……」

　以前、侍女たちが話していた「レオポルドのことを型破りだと言っている」のはブリュノだったのだといまになってわかる。

「それにあなたは侍従見習いになったころから殿下に恋をしていたのではありませんか? 殿下を見ると胸が高鳴って頭がぼうっとするとおっしゃっていたでしょう」

「たしかに……!」

　――わたしのことなのに、わたしよりもブリュノさんのほうがよくわかっていらっしゃるなんて、不思議。

「それに謝らなければいけないのは私もなのですよ。あなたが殿下のことを好きだと知っていながら、伯爵領へ殿下は一緒に行かないと嘘をついたり、ほかに想い人がいるかもしれないなどと言ったりしてあなたを試しました」

「わたし、試されていたのですか」

「そうです。それでもあなたは私情を持ち込まず、いつもどおり一所懸命、職務に当たった。見事合格です。そして、愛し合うおふたりの邪魔は何人たりともできないと、よくわかりました」

初めてブリュノの笑顔を目にする。彼は笑っているほうが若々しい。

「これからも殿下のことをよろしくお願いします。もちろん私もお支えいたしますがね」

コリンヌは力強く「はい！」と答えた。

「あの、それで……レオポルド様にはほかに想い人はいらっしゃらないのでしょうか？」

「まず間違いなく、いないでしょうね。あなたのほかには」

ほっとするものの、ではいったい誰に宛てて手紙を書いていたのだろう。

ブリュノと一緒に執務室へ行く。

レオポルドはコリンヌを見るなり、勢いよく椅子から立った。

「コリンヌ！　ああ、ようやく堂々ときみの本当の名を呼べる」

駆け寄ってきた彼にぎゅうっと抱きしめられる。

「あ、あの――」

いまはふたりきりではない。斜め後ろにはブリュノがいる。

ところがレオポルドはかまわずコリンヌの腰を抱いたまま話し続ける。

「そのドレス、よく似合っているよ」

うっとりとした、極上の笑みを向けられて心臓がどきりと鳴る。

「あ、ありがとうございます。このドレスはレオポルド様がデザインしてくださったのだと聞きました」

「レオ、だってば」

「いえ、その……やはりこういった場でそうお呼びするわけにはまいりません」

「そうですよ、殿下。コリンヌ様が困っています。きちんと場をわきまえてください。いちゃつくのは執務が終わってからです」

ブリュノに言われ、レオポルドはしぶしぶコリンヌから離れる。

「ブリュノは全然、驚いていないみたいだね。全部お見通しだったのかな」

「おふたりのいちばん近くにいましたから。むしろ気づかなければ、そのほうが問題でしょう。さあ、夕方の議会へ向けて最後の準備を整えましょう」

三人は一様に頷き、執務を始めた。

太陽が遠くの山に沈む。いよいよ議会へと赴くときだ。

「行こう、コリンヌ」

レオポルドはまるで舞踏会にでも誘うように手を差しだしてくる。

「はい」

コリンヌは緊張した面持ちで彼の手を取り、議会場へ向かった。

「今日の議会にはきみのほかにも参考人として、侍女や侍従たちにも出席してもらうことになっている。もちろんブリュノにも」

「そうなのですか。ブリュノさん、どうぞよろしくお願いいたします」

「ええ。大船に乗ったつもりでいてください」

ブリュノが真顔で言うので、おかしくなってしまう。コリンヌは「ふふ」と声を漏らして笑った。

外廊下を通りかかる。今日は風が強いので、ドレスの裾がはためく。

議会場までの道のりはよく知っているが、中へ足を踏み入れるのは初めてだ。

議会場の壁には大きな窓が連なっていた。議会の透明性を表現するためだと以前、レオポルドが言っていたのを思いだした。

議会場内はざわついていたが、コリンヌとレオポルド、ブリュノが入るなりしいんと静まりかえった。

――注目されているわ。

壇上にはクリストフの姿がある。彼が議長を務める。参考人の席には顔見知りの侍女や侍従がいた。

コリンヌはレディのお辞儀をしてから着席した。皆が揃《そろ》ったところで、宰相のダミアンが進行を始める。議題はすぐに『女性の画家を認める法案について』へと及ぶ。

コリンヌは椅子から立ち、周囲を見まわして口を開く。

「このたびは参考人としてご臨席をお許しくださりありがとうございました。つきましてはこの場をお借りして、告白したいことがございます」

心臓が、いまだかつてないくらいにどきどきとうるさく鳴っていた。

コリンヌは大きく息を吸い、一息に己の罪を白状する。

すべてを言い終わると、議会場内の空気がますます重くなったような気がした。

クリストフは変わらず微笑したままだった。ダミアンはというと、眉間に深い皺を刻んでモノクルの位置を正していた。

他の大臣たちの表情もダミアンと似たようなもので、極めて厳しい。

「――ベルナール嬢、ひとまず着席を」

ダミアンに言われたコリンヌは「はい」と小さく返事をして椅子に座った。手足が震えている。座面はひどく冷たい。

コリンヌと入れ替わるようにして、クリストフのそばに座っていたレオポルドが挙手をして席を立つ。

「私からも申し上げたいことがございます」

全員がレオポルドに注目する。

「女性が画家として身を立てられないというおかしな法律があったばかりに、彼女はずっと性別を偽り続けなければならなかったのです」

彼は悠然とした微笑をたたえている。絵におこしたいと思ってしまうほど凜々しかった。

「いかなる理由があろうと、周囲を騙していたという事実は消えませんよ」とダミアンが

釘《くぎ》を刺す。

「そうです。しかし彼女に責任はない。すべて私が指示したことなのだから」

――えっ？

「どういう意味だい、レオポルド」

クリストフに尋ねられたレオポルドはすぐに言葉を返す。

「これまで私は視察先の孤児院で、画家を夢見る少年少女たちの姿をたびたび目にしてきました」

それだけではまだ、答えになっていない。

レオポルドは参考人の席に居並ぶ侍女や侍従たちに目を向ける。

「男性として振る舞うコリンヌのことを周囲の者はどう思っていたのでしょうか。皆、証言を」

侍女や侍従たちが次々と証言する。皆が緊張した面持ちをしていたが、好意的な証言ばかりだった。サンクス・クッキーデーのことや、ふだんの仕事ぶりを皆が話してくれる。

「コリンヌは画家として皆に喜ばれる絵を贈り、それだけでなく侍従としてもしっかり職務をこなしていた。画家に性別は関係ないのです。それを彼女は身をもって証明してくれた」

レオポルドがかつて「戦略が大事」と言っていたことを思いだす。

――わたしに男装を続けるよう言ってくださったのは、このためだったのだわ。

レオポルドは議会場内にいる全員に、その存在を確かめるように視線を投げかけていく。

「こうありたいと願う者の夢を、男だから、女だからという理由で奪っていいはずがない。私に与えられた地位と引き換えにしてでも、性差にとらわれない未来を拓くこの法案を実現したいのです」

第三王子という地位を擲《なげう》ってでもコリンヌが男装していた責任を取り、女性が画家になれる法案を通そうとしてくれている。

鼻の奥がつんと疼く。気を緩めればいまにも瞳から涙が零れそうだった。

――けれど、泣いてはいけない。

いまが正念場だ。

決意と覚悟を宿したレオポルドの眼差しを受けた大臣たちが、ひとり、またひとりと拍手しはじめる。

ただしダミアンだけは、苦虫を嚙みつぶしたような顔をして、手を動かさなかった。

「地位と引き換えにしてでも……か。それはやり過ぎだよ。詐称の場合は罰金だからね。法に則《のっと》って適切に処分を下させてもらうよ」

笑いをこらえるような顔でクリストフが言った。場の雰囲気が和やかになる。

議会は滞りなく終わった。皆でぞろぞろと外へ出る。ただしレオポルドは、クリストフに呼び止められたのでまだ議会場の中だ。

侍従のときにしていたのと同じように彼を待っていると、庭を歩いているアシルの姿を見つけた。どことなくだが顔色が悪い。

——そうだわ。アシル様にもきちんと謝罪しなければ。

ブリュノに「アシル様と話をしてきます」と断ってからその場をあとにする。

アシルの歩調はどういうわけかとてつもなく速い。なかなか追いつかない。

しだいに見えてきたのは高所の橋。どうやら橋の上へ向かっているらしい。

——けれど、どうして？

絵を描くつもりではないだろう。彼はキャンバスを持っていない。

『あそこはね、自殺の名所と呼ばれているらしいんだ』

不意にアシルの言葉が蘇《よみがえ》った。コリンヌは胸騒ぎを覚えて駆けだす。

橋の上で、ようやく彼に追いついた。

「アシル様！」

コリンヌが叫ぶと、欄干に両手をついていたアシルが振り返った。

「……えっ？　きみは……リュカ？」

「はい、リュカだと……男性だと偽っておりました。本当の名前はコリンヌと申します」

コリンヌは「申し訳ございませんでした」と謝り、アシルへと近づく。

「はは、は……やっぱりそうか。うん、これでもう思い残すことはないよ」

「な──なにをおっしゃっているのですか⁉」

「だって僕は……貧弱だし、絵だって父さんのおかげで売れているだけだし。価値がないんだよ、僕には」

──父さん？

アシルから父親の話は聞いたことがなかったので、彼の言っていることが理解できない。

──ともかく、アシル様を安全な場所まで連れていかなくては。

このままではなにが起こるかわからない。そんな危うさを感じる。この橋はたしかに、少しでも身を乗りだせば下へ落ちてしまいそうなほど欄干の背が低い。

「価値がないだなんて、そんなことありません」

コリンヌはじりじりと距離を詰める。

「慰めてくれなくてもいいよ……。もう、いいんだ」

アシルは欄干の下端に足を掛けて体を外へと傾ける。

「いけません、アシル様！」

彼のことは画家として尊敬している。散っていい命などこの世にない。散らせてはいけない。その一心でコリンヌはアシルの体を摑む。

すると弾みでアシルのポケットから一本の筆が零れ、遙か下方へと落ちていった。筆は石畳の上で大破する。

「ひっ――」

粉々になった筆を見たアシルの顔が引きつる。

「アシル様は、あの筆のようになりたいのですか？」

コリンヌが問いかけると、アシルは青ざめたままぶんぶんと首を横に振った。

「や、やっぱりやめておく……」

コリンヌはアシルが思いとどまってくれたことに安心する。

ところがそこへ強い風が吹いた。

強風はふたりの体を橋の外へと煽る。

地に足をつけておくことができなくなる。

――落ちる！

いやだ、落ちたくない。成すべきことがまだまだある。

脳裏に浮かぶのは大好きな人の顔。彼と会えなくなるなんて――。

急にぐんっ、と後ろへ引っ張られた。地に足がつくものの、立っていることができずにその場に座り込む。

「――レオ！」

レオポルドはコリンヌを橋の上に引き戻したあと、落ちかけているアシルの腕を摑んで引っ張り上げようとしていた。

「……っ、く」

レオポルドは歯を食いしばって呻く。

コリンヌもまた立ち上がり、アシルの腕を掴むものの、まったく手伝いにならない。

アシルは自ら欄干を掴んではいるが、その両手はガタガタと震えていて、さほど力が入っているとは思えない。

レオポルドの両手だけが命綱だった。

「アシル！」

ダミアンの声だ。ブリュノとともに駆けてくる。

レオポルドを中心に、男性が三人がかりでアシルを引き上げる。

皆が汗だくだ。いつも涼しい顔をしているブリュノも、いまばかりは額に汗をかいていた。

「殿下の並外れた握力のおかげでなんとか引き上げることができましたね」

ブリュノが言うと、ダミアンはアシルをぎゅうっと抱きしめながら涙声で「ありがとうございます」と唸った。

「コリンヌ！　怪我は？　どこも、痛くない？」

凄まじい剣幕でレオポルドはコリンヌの体を見まわす。

「わ、わたしは平気です」と答えると、レオポルドは心底安堵したというようすでコリンヌを抱きしめた。

「アシルを追うきみの姿が……議会場の窓から見えて、追いかけてきた。なんとなく嫌な予感がして……」

「そんな殿下を、私とダミアン様も追いかけてきたというわけです」とブリュノが横から言葉を足す。

「きみを追いかけて、本当によかった――」

レオポルドの体はわずかに震えていた。コリンヌは彼の背に腕をまわして「ありがとうございます」と礼を述べた。

「……う、うっ」

嗚咽《おえつ》が聞こえるほうを向く。ダミアンに抱きしめられたまま、アシルはぼろぼろと涙を流していた。

「父さんは……僕のことなんてどうでもいいんだって……思っていた」

「え……父さん？」

コリンヌはアシルとダミアンの顔を交互に見る。ふたりは似ていると思ったが、親子だとは初耳だ。レオポルドとブリュノは知っていたのか、驚いてはいない。

やっとアシルを抱きしめるのをやめると、ダミアンは赤い目元を隠すように下を向いた。

「アシルは私の庶子です。いまの妻とのあいだに子はおらず、アシルだけが私の血を継いでいる」

目を伏せたままダミアンは言葉を続ける。

「女性が画家になることに反対していたのは……これ以上、画家が増えればアシルの絵が売れなくなるかもしれないと……」

「そんなことありえません！　アシル様が描く絵は本当にすばらしいのですから！　陰鬱として、まるで世界の終わりのような雰囲気を醸しだしていらっしゃいますが、それは決して他の画家に真似できるものではありません。アシル様の、唯一無二のものです！」

「い、陰鬱……世界の終わり……」

アシルが顔を引きつらせる。

――いけない、つい正直に言ってしまった。

「あの、アシル様。ですがそれが、持ち味だと思っていて……！　ええと、そのっ」

慌てふためきながらもコリンヌがアシルを擁護していると、ダミアンが「ふっ」と声を漏らして笑いだした。

「……ともかく、アシルがすばらしいのだということはよくわかりました。ありがとう、ベルナール嬢」

ダミアンはアシルの頭をぽんと叩く。

「私的なつまらない事情で、女性が画家になる未来を邪魔して申し訳なかったと思います」

「では――」

コリンヌが言い終わる前にダミアンが言葉を被せる。

「ええ。私もあなたに拍手を送りましょう。法改正に賛同いたします」


コリンヌは宮殿のゲストルームへ移ることになった。侍従という立場ではなくなったので、いまの部屋を使い続けるわけにはいかない。

伯爵領と宮殿を行ったり来たりする日々が続く。

多くの人の尽力を得て、ベルナール伯爵領の学校事業は軌道に乗った。

コリンヌはマクノウ校の生徒たちへ向けて、騙していたことを謝罪する手紙を出していた。するとマクノウ校の生徒たちから、女性画家のコリンヌを応援するとともに目標として頑張るというあたたかな手紙が届いた。

画家に性別は関係ない。そのことに数多《あまた》の人が賛同し、リティルエ国の法改正が成る。

コリンヌはレオポルドと一緒に馬車でベルナール伯爵領へ赴いた。

伯爵邸に着くと、ジーナのそばでリュカが迎えてくれる。

「リュカ⁉　え、えっ？　どうしたの」

「どうしたのって……僕がここにいちゃまずいわけ？」

弟は白皙《はくせき》の頬をほんのりと赤くして唇を尖らせている。

「初めまして……というのもちょっと違うかな？　会えて嬉しいよ、リュカ」

レオポルドが声をかけると、リュカはとたんに畏まる。

「レオポルド殿下。かねてよりお手紙をちょうだいし、まことにありがとうございました」

――手紙？

レオポルドはリュカと話し込んでいて、すぐには説明してくれそうにない。

するとジーナが、こっそりと教えてくれる。

「レオポルド殿下が一度ベルナールにいらしたあとからでしょうか。リュカ様宛てに殿下からお手紙が届くようになったのです。はじめは、リュカ様は読もうとなさらず放置していらっしゃいました。お嬢様に宛てたものだろうから、と」

――これまで、わたしがリュカになりすましていたのだから当然、そうなるわよね……。

それがリュカの積極性を奪っていたのかもしれない、とコリンヌは反省する。

ジーナはにこにことした顔で話し続ける。

「ところが殿下からのお手紙が、週に一度は届くようになりまして。さすがにリュカ様も目を通さずにはいられなくなったというわけです。殿下からのお手紙には、リュカ様の絵が国外で好評だということが書かれていました。いずれは国内でも認められる日が必ず来る、とも。リュカ様と殿下はそれ以来、ずっと文通なさっていたのですよ」

「そうだったの……。全然、知らなかった」

レオポルドを見つめていると、視線に気がついたらしいレオポルドがそばにやってくる。

「そういえば、コリンヌが男装を解いたあとも話すのをすっかり失念していたけれど」

「リュカとお手紙のやりとりをなさっていたのですよね？　いまジーナから聞きました」

「そうなんだ。きみは、私に男装がばれていることを家族に知られたくないと言っていたから、内緒でリュカに手紙を出していた。隠していてすまなかったね」

「いいえ。レオポルド様の手紙の相手がリュカだとわかって、安心しました」

つい本音を漏らしてしまう。

「うん？　安心って……どういう意味？」

顔を覗き込まれ、白状せざるをえなくなる。

「レオポルド様に、ほかに想い人ができたのではないかと思っていた時期がありまして」

彼が目を瞠る。

「私が？　きみ以外のことを？」

ジーナやリュカがいるにも拘《かか》わらずレオポルドはコリンヌを抱きしめる。

「……っ、まさかそんなふうに思っていたなんて！　ああ、下手に隠さずに言ってしまえ窺ばよかった。どうも私はそういうことが不器用だ。ごめん、コリンヌ。不安にさせて」

「い、いえ、いまはもう……わかっておりますから」

ジーナはにやにやとした面持ちで、リュカは頬を赤くして視線をさまよわせながら、窺うような視線を寄越してくる。いたたまれない。

「レオポルド様、ひとまず、その……離れてくださいっ」

「えっ――そんな……コリンヌ、どうか怒らないで。私はきみ一筋だよ」

離れるどころかますますぎゅうっと抱きしめられてしまう。

家族の前で、恥ずかしいだけなのに、どうしたらわかってもらえるのだろう。

困り果てているコリンヌを見かねたのか、ジーナが助け船を出してくれる。

「今朝、届いたばかりのお手紙をお嬢様のお部屋に置かせていただいております」

「わかったわ。レオポルド様、わたしは部屋へ行きますので」

「そう……。では私も」

抱きしめるのはやめてくれたが、腰には手を添えられたままだった。

私室で手紙を手に取る。何通かあった。

「……うん？　差出人は……宮殿の侍従だよね。ああ、こっちも……。いったいなんの用事だろうね？」

レオポルドはどうしてか満面の笑みだ。彼は笑っているのに怒っているような気がする。

「事務的な連絡でしょうか」

「では私が一緒に読んでもかまわないかな」

「はい、もちろんです」

手紙には『今度、ベルナール領へ遊びにいくから案内してほしい』、『学校がどんなものか見学してみたい』と綴られていた。

「どの手紙も遠回しではあるけれど……デートの誘いとしか思えない」

まるで背筋が凍るような低い声だった。レオポルドは笑顔だが、やはり怒っている。

「いえ、そのようなことは」

「じゃあもっとちゃんと読ませて？」

手紙を渡すと、彼は片手でぐしゃあっと握りつぶした。

「あぁ……すまないね。つい手に力がこもってしまって。これではもう読めないし内容はわかっているのだから、この手紙は処分しても問題ないよね」

そう言うなりレオポルドは手紙の束をくずかごに放《ほう》る。コリンヌは苦笑して、見ていることしかできない。

「それにしても……これは早々に発表する必要があるな」

小難しい顔をして呟くレオポルドの顔をコリンヌは覗き込む。

「発表？　なにをですか？」

彼はそれには答えず、コリンヌに「屋上へ行こう」と声をかけた。

ふたりでベルナール伯爵邸の屋上へ行く。

真昼の空には白い月が浮かんでいた。

「昼間の月というのもきれいですね」

天を仰ぐコリンヌに対して、レオポルドはどこかそわそわとしたようすで「うん」と答えるだけだった。

「……コリンヌ」

呼びかけられたので彼のほうを向く。

レオポルドは緊張した面持ちをしている。

「女性画家が認められる法律が成った。学校事業は順調だし、ベルナール伯爵家の跡取りであるリュカの絵だって好評だ。もう心配することはなにもないよね、コリンヌ」

「はい。すべて……レオのおかげです。本当にありがとうございます」

「私は少し手伝っただけだよ」

「いいえ、そんなことは！　どれだけお礼を申し上げても足りないくらいです」

「足りないくらい、か……。ではいまから私が話すことにイエスと言って？」

薬指に指輪を嵌められる。金色の台座にダイヤモンドとパールが三つずつあしらわれ、そのまわりにはルビーが散りばめられている。

レオポルドが跪く。

「私と結婚してほしい」

階下から風が吹き上げてきて、彼の艶やかな金髪をさらさらと揺らす。

込み上げてきたのは喜びと戸惑いだった。

片膝を折っているレオポルドと視線を合わせるためにコリンヌもまたしゃがみ込む。

「ですが……わたしと結婚しても、政治的な価値がありません。それにわたしは『秘密の恋人』なのですよね？　レオの妻には……ふさわしくないのだと思ってまいりました」

レオポルドは虚をつかれたように碧い瞳を見開く。

「違うよ。秘密にしていたのはきみが私のそばで画家と侍従を続けるためだ。きみが男装を解いてからは、周囲に隠しているつもりはなかった——って、そうか……。そういう大事なことも、私はきみに伝えていなかった」

レオポルドは自身の失態を恥じるように項垂れる。しばらくしたあとでゆっくりと顔を上げた。

「価値……という言い方はあまり好きではないのだけれど」

体を抱き込まれ、一緒に立ち上がる。

「それ以上の価値がきみにはある。ほかのなににも代えられない。きみが首を縦に振ってくれないのなら、私は一生涯独身を貫く」

コリンヌは唇を震わせたあとで、彼の碧い双眸を見つめた。すぐには言葉が出てこない。

「……というかコリンヌは、私がほかの女性と結婚してもいい、と思っているということ？」

「そっ……それは……」

レオポルドに射るような視線を向けられる。心の中まで覗かれているようだった。

「レオがほかの女性と結婚なんて……嫌、です」

「ではきみが私と結婚してくれるね？」

コリンヌは深く頷く。

「レオには……っ、わたしだけの、恋人でいてほしいです」

涙ながらに訴えかけると、レオポルドは碧い瞳にうっすらと水の膜を浮かべて笑った。

「これからはもう『恋人』ではないよ。夫婦だ」

きつく抱きすくめられ、頬ずりされる。

薬指に嵌まっている指輪を、確かめるようにすりすりと指で擦られる。

「そしてもう秘密になんかしない。コリンヌは私の妻なのだと、世界中を駆けて言いまわる」

「ええっ⁉」

「……世界中を駆けるのは冗談だけれど。少なくとも宮殿では声を大にして言う。でなければきみに悪い虫がつくからね。まあ、もし虫がつきそうになっても全力で握りつぶすけれど」

にこやかな彼の手に力がこもる。

「婚約発表はここ……ベルナール伯爵邸のダンスホールで行っても？」

「え……。宮殿でなくてよろしいのですか？」

「いい。皆をここに呼ぶ。近い未来に栄華を極めるであろうこの地に」

レオポルドは穏やかな表情でコリンヌの手を取る。

——わたしが以前、レオポルド様にダンスホールをご案内したときに言ったこと……覚えていてくださったのだわ。

『人が集まることはなく、広いばかりの場所になっている』

彼にそう話したとき、もの悲しさに襲われた。レオポルドはその気持ちを汲《く》んでくれたのだ。コリンヌは感極まって彼に抱きつく。

「どうしたの、コリンヌ。珍しいね？　きみから抱きついてきてくれるなんて……。嬉しいから、いつでもしていいよ？」

レオポルドの胸に顔を埋めたまま頷く。

「本当に……本当に、ありがとうございます」

コリンヌが瞳に涙を溜めて言うと、レオポルドは「うん」と呟き、穏やかにほほえんで黒髪を撫でた。

「それにほら、侍従たちだってベルナールに来たがっていたでしょ？　ちょうどいい機会だと思ってね。もちろんきみとデートなんてさせないけれど」

手の甲にくちづけたあとで彼は挑発的に笑う。

コリンヌは薬指の指輪をあらためて見た。

「この指輪はもしかして……」

「うん、私がデザインした」

彼は気恥ずかしそうに頬を掻く。

「きみが身につけるものはなんでも私がデザインしたいと思うのは、欲張りかな」

「いいえ！　すごく……光栄です」

レオポルドの宣言どおり、ふたりの婚約発表はベルナール伯爵邸のダンスホールで行われた。

着飾ったコリンヌの首でネックレスが燦然《さんぜん》と輝く。金の鎖はレオポルドの髪を、サファイアは彼の瞳を思わせる。

婚約発表の舞踏会には王都の貴族だけでなく世界各国からゲストが集まった。

広大なダンスホールは人で溢れ、活気づいている。

——夢みたい。

「踊ろう。きみは私のものだと皆に示したい」

気品溢れる口調でいたずらっぽくウィンクをするレオポルドから目が離せなくなる。

コリンヌが彼の手を取ると、腰を抱かれてぐっと引き寄せられた。

踊るにしてもあまりに近すぎるのだが、レオポルドの目的はきっと『上手に踊る』ことではない。

これだけ体を寄せ合ってステップを踏んでいれば、誰がどう見ても『親密で仲睦まじい』とわかるだろう。

自分でそう思い至ったくせに気恥ずかしくなって頬が熱くなる。

「もともとかわいいのに、そんな顔をしていてはますます周囲が魅了されてしまうよ」

レオポルドが耳元で囁く。

「魅了されるのは……わたしのほうです」

彼がステップを踏むたびに揺れる、金糸のような髪。どこまでも透きとおって見える碧い瞳。柔らかい表情ながらも意志の強さを窺わせる面立ち。

そのすべてが愛おしい。

——彼を誰にも盗られたくない。

気づかないふりをしていただけで、心の奥底ではずっとそう思っていた。

「レオは、わたしのものですからね」

彼に聞こえずともいいと思って呟いた。ところがレオポルドはしっかりと聞き取ったらしい。

彼は一瞬だけ足を止めたあとで破顔して、軽快にステップを踏んだ。

婚約発表が終われば輿入れ《こしい》れの準備が始まる。

王子妃に必要な知識は侍従として働いていたときに身についていたので、コリンヌは補足的に教育を受けることになった。

画家としての活動もしつつ、父親やリュカが中心となって取り組んでいる伯爵領の学校事業にも関わりを持ち、慌ただしく毎日を過ごす。

挙式を一週間後に控えた日の夜。コリンヌとレオポルドは宮殿の厨房にいた。

レオポルドは、挙式後の晩餐会《ばんさんかい》で振る舞う菓子を発案し創作していた。

実際にゲストに振る舞うぶんを作るのはシェフと厨房の侍女たちだ。彼らに味見をしてもらうのは明日の朝。コリンヌはその前段階の味見役としてレオポルドに呼ばれた。

口に入れるのがためらわれる美しい砂糖菓子を、そっと咀嚼《そしゃく》する。コリンヌはすぐに「ほう」と息をついた。

「レオが作ったお菓子をいちばんに食べることができて、幸せです。できればこれからもずっと……いちばんに、味見したいです」

「かわいいわがままを言ってくれる。安心して？　コリンヌはすべてにおいていちばんだよ」

甘い甘いキスが降ってくる。蕩けるような甘さだった。そのすべてが、幸福に変わっていく。

そうして挙式の日を迎える。

レオポルドが手がけてくれたウェディングドレスに身を包んでいると、とてつもない安心感とともに幸福感が際限なく広がっていく。

コリンヌはレオポルドの盛装に目を奪われる。彼ほど白が似合う人はほかにいない。

「きみほど純白が似合う人はほかにいないよ」

考えていたのと同じことをレオポルドが言うのでおかしくなって、高まっていた緊張感が解《ほぐ》れていった。

ふたりは宮殿内の教会で司祭に永遠の愛を誓い合う。

晩餐会は宮殿の大広間で催される。レオポルドが発案した菓子はたいへん好評で、リテイルエ国の特産品にしようという声も上がっていた。

すべてが終わると、コリンヌは宮殿内の私室で一休みした。

かつての控え室は王子妃の居室へと改装されたので、コリンヌはふたたび彼の寝室の隣部屋を使っている。

――どうしたのかしら。

ウェディングドレスからナイトドレスに着替えなければならないが、侍女がやってこない。

――けれどまだこのドレスを脱ぎたくないから、ちょうどいいのかも。

コリンヌはソファに座ったまま、純白のドレスの裾をそっとつまんだ。軽やかで肌触りのよい生地だ。

レオポルドの寝室と繋がっている扉から、夫が顔を出す。

「侍女には、支度を断っておいたよ」

「そう……なのですか。ではこのまま晩酌など？　わたし、まだこのドレスを着ていたいと思っていたところなのです」

コリンヌが言うと、彼は笑みを深めた。

「ありがとう。でも晩酌はしなくていい」

急に抱え上げられ、コリンヌは「ひゃっ⁉」と驚きの声を上げる。

「あ、あのっ……レオ？」

「うん？」

世界中の美を集めたような笑みを浮かべてレオポルドはコリンヌをそっとベッドにおろす。

クイーンサイズのベッドいっぱいにウェディングドレスの裾が広がる。

レオポルドはコリンヌを組み敷くと、うっとりと息をつき顔を寄せた。

「お、お待ちください！　わたし、まだ……支度が」

侍女が来ないのならばひとりで支度をするつもりだった。ウェディングドレスさえ脱がせてもらえばあとはひとりでもできる。

「大丈夫。コリンヌの支度はいつでも整っているよ。ほかになにをする必要がある？」

彼はコリンヌの全身を隈なく見まわす。

「……きれいだよ」

ほほえんだ形のままの唇でキスをされる。

「ん……っ」

熱い唇と、灼熱の舌に翻弄される。そればかりでなく彼の両手がウェディングドレスの裾を捲るので焦ってしまう。

「待って」と言いたくても、舌を絡められているので言葉を発することができない。

ドロワーズを引き下ろされやんわりと恥丘を押された。とたんにコリンヌの体が跳ねる。

唇が離れたすきに、コリンヌは慌てて言う。

「レ、レオ……！　その……ドレスを、脱いでから」

「だってまだ脱ぎたくないのだよね？」

「それは、そうですけれど……」

「ではこのまま……ね？」

ドレスとコルセットの編み上げ紐《ひも》を緩められ、乳房が零れでる。

薄桃色の先端と、足の付け根にある花芽を指ですりすりと擦られる。

レオポルドがデザインしてくれたこのドレスを脱ぎたくないとは思っていたが、秘所が開け広げになってそこを愛撫されるというのはとてつもなく卑猥だ。

そしてひどく興奮してしまっている自分が恥ずかしくなる。

ふと、彼の下肢が激しく主張していることに気がつく。

「あ……下衣を寛げられたほうが……」

一物を見つめながらついそんなことを言ってしまい、ますます全身が熱くなる。

「き、窮屈かと思いまして……そのっ……」

――ああ、なにを言っても恥ずかしいだけだわ。

コリンヌが羞恥で目を伏せると、レオポルドはいささか困ったように笑って「ではお言葉に甘えて」と前置きして上着を脱いだ。それから下穿きごと下衣を引き下ろす。

雄物はすでに膨らみきった形をしている。

レオポルドは、ウェディングドレスの上に乗っかるようにして露わになっているコリンヌの胸飾りをつまみ、陽根の先で秘所の珠玉を擦りだす。

「ぁ、あぅ……んんっ……」

彼が足の付け根を擦りやすいようにと、恥を忍んで両脚を左右に開く。するとレオポルドは微笑して、薄桃色の棘を引っ張り上げながら腰を前後させた。

しだいに彼の体が傾いてきて、顔と顔が近づく。

「はぁ……っ」

——もっと聞きたい。

息をつくレオポルドの唇に耳をそばだてる。

あまりにあからさまにそうしたからか、レオポルドが首を傾げた。

「ん……？　コリンヌ？」

「あ……ご、ごめんなさい、つい……！　その……レオの声が、もっと……聞きたくて」

「私の声？」

彼は不思議そうに目を丸くする。コリンヌは真っ赤になって俯き、黙り込んだ。

「思っていることを言ってごらん。コリンヌが考えていること……できればすべて、知りたい。隠さずに教えてほしい」

秘めているほうがいいと思って蓋をした本当の気持ち——自分の嗜好《しこう》——を、正直に話してもよいのだろうか。

レオポルドは優しげに目を細くして待ってくれている。

「レオの……気持ちよさそうな、声が……す、好きなんです」

コリンヌの胸に両手を添えたまま、レオポルドはきょとんとする。

「なるほど。コリンヌは私をもっと喘がせたいということだね？」

「～～っ！」

ああ、いまなら顔から火を噴ける。

「誤解のないように言います、ふだんの声だって好きです！　笑ってる顔も、真剣な顔も……全部、好き」

今度はレオポルドが真っ赤になる。

ぎゅうっと強く抱きしめられる。

「でも、じゃあ……コリンヌが私の上に乗ってみる？」

「わたしが……レオの上に？」

「そう。きみが主導するんだ」

そうして上下が入れ替わる。ベッドに座るレオポルドの上に跨がる。

レオポルドのドレスシャツは前がはだけているものの袖は通されたままなので半裸の状態だ。淫茎は依然として猛々しい。

どのようにして収めればよいのかわからずあたふたしていると、レオポルドが誘導するように腰に手を添えてくれた。

「私の肩に摑まって」

言われるまま、コリンヌはそっと彼の肩に両手を置き、腰を浮かせる。

「……っ、ん、ぅ……」

彼の切っ先を意識しながらゆっくりと腰を落とす。

大きく膨らんだ陽根が、めりめりと媚壁を突き上げていく。

「ふぁ、あ……っ」

彼の上に座り込むことですべてを受け入れる。それだけで気持ちがよくて、全身が快感に震えた。

いっぽうレオポルドはというと、薄く唇を開けてコリンヌの腰を撫でまわしている。

——このままじっとしているわけにはいかないわ。

彼がふだん、どう動いているのかを思いだして真似する。一所懸命、上下に腰を動かす。

「わたし……ちゃんと、できていますか……？」

不安になって尋ねた。

「ん……うん。気持ちいいよ……」

純白のドレスの上でふるふると揺れるコリンヌの乳房を鷲摑みにすると、レオポルドはその先端を指で絞り込む。

「は……ぁ、っ……」

ただでさえ気持ちがよかったのに、彼の低い唸《うな》り声《ごえ》を聞くことで快感が増す。

「レオ……もっと」

コリンヌは無意識のうちに顔を近づけて彼にねだる。するとレオポルドは秀麗な顔に焦りの色を浮かべた。

「……ッ、コリンヌ……！」

体内に収めていた彼の一物がびくっ、びくっと脈動するのがわかった。

「ん、んぅっ、う……？」

初めての感覚に戸惑いながらも、気持ちがよくて動けずにいると、レオポルドは隠すようにコリンヌの肩に顔を埋めた。柔らかな金髪が首をくすぐる。熱い吐息が肩に吹きかかる。

「あの……レオ？」

レオポルドがずっと動かないので、なにか間違ったことをしてしまったのだろうかと心配になって呼びかけた。

彼はひどく緩慢に顔を上げる。その頬はいまだかつてないくらいに朱を帯びている。

「きみの中で果てるのは初めてだから、もっときみを気持ちよくして、一緒にって思っていたのだけれど……。コリンヌが『もっと』とねだるものだから、たまらなくなった」

恥ずかしそうにぼそぼそと話すレオポルドの赤い顔を見ながらコリンヌは青ざめる。

「ご、ごめんなさい、レオ」

「きみのせいじゃないよ。私が保《も》たなかっただけなのだから。きみは、少しも悪くない」

大きな手のひらで頬を撫でられる。

「もういっかい……ちゃんと、いい？」

照れたような笑みを浮かべて乞われれば、考えるよりも先に頷いてしまう。

「大好きです」

「私だって。……いや、違うな。私のほうが、きみのことを好きだよ」

「わたしだって、負けません」

彼と張り合うようなことをふだんは言わないからか、レオポルドが驚いたように目を瞠る。

「愛している。ずっと、ひとつになっていたい」

切なさを伴った声で囁きかけられ、縋《すが》るような視線を向けられる。

狭道に埋まったままだった雄根はいつの間にか勢いを取り戻していた。コリンヌが腰を動かさずとも、激しく主張してくる。

レオポルドが、下から押し上げるようにして律動しているのだと気がついたときには双乳の先端を口に含まれていた。

「ん、ぁっ……あぁ、んっ」

熱い舌が胸の蕾を弾くたびに快い波が全身に伝わって、愛しさが溢れる。

レオポルドはコリンヌの胸飾りを吸い立てながら花芽をくすぐり、硬直で隘路を突き上げる。

「あ、あぁっ……」

あまりの享楽に、コリンヌは体勢を保っていることができなくなって、しだいに後ろへ倒れ込む。

仰向けになってベッドに寝転がると、レオポルドはコリンヌの両脚を自身の肩にかけた。

腰が浮き、挿入が深くなる。

ウェディングドレスの軽やかな裾が捲れ上がってひらひらと舞う。

「コリンヌ」

熱を孕んだ呼び声だった。

猛々しい楔が奥処を穿つたびに身も心も歓びに震える。

ドレスの裾と一緒に乳房が揺れている。快感はどんどん高まっていく。

彼とともに昇りつめていくのがわかる。

両手の指をしっかりと絡め合わせて絶頂に達する。

互いに息遣いは荒く、全身にぐっしょりと汗をかいていた。

ドクン、ドクンという大きな脈動とともに、彼の放ったそれが、体の中に満ちていく。

これから先もずっと一緒にいられることの証のように思えて、嬉しさのあまり瞳に涙が浮かぶ。

ところがレオポルドはそんなコリンヌを心配する。

「どうしたの。……嫌、だった？」

コリンヌはぶんぶんと首を振る。

「嬉し……すぎる、のです」

やっと言葉を紡げば、レオポルドは美麗な面に安堵を滲ませて破顔した。

「ドレス――脱がせてあげるね」

「え……ええと……この状態でしたらもう、ひとりでも脱げますので……」

編み上げ紐は緩みきっているので、あとは足先のほうへすべてずらしてしまうだけだ。

「だめ。私がする」

念を押すようにちゅっとくちづけられた。コリンヌは素直に頷くしかない。

レオポルドは満足げにほほえむと、コリンヌの首筋に顔を埋めた。ちゅうちゅうと音を立てて肌を吸い上げる。

「んっ……」

小さな痛みがコリンヌの官能を苛む。

レオポルドは、剝きだしになっているコリンヌの肩や腕を撫で摩りながら、じりじりと

ウェディングドレスを引き下げていく。

「……っ、ひゃ⁉」

彼の片手がぐにゃりと乳房を摑んだ。

「あ、あの……？　ドレスを……脱がせて、くださるのですよね？」

「そうだよ」

片手でドレスをずらすいっぽうで、摑まれた乳房をやわやわと揉みしだかれる。

「ど、どうして……そんな……ぁ、あっ……」

「だって……まだ初夜は始まったばかりだよ？　さあ……腰を浮かせて」

言われるままベッドの上で腰を持ち上げれば、ウェディングドレスは瞬く間に足先から抜けて、一糸まとわぬ姿になった。

「コリンヌは、もう……したくない？」

レオポルドも、すべての衣服を脱ぎ去っていく。鍛え上げられた肉体を前にして「もうしたくない」などと言えるはずもなかったし、なにより自分自身が、そんなことは少しも考えていなかった。

「したい、です。レオと――たくさん」

裸になった彼は目を見開くと、唇を嚙みしめて眉間に皺を刻んだ。

「コリンヌ……！」

ぎゅっと抱きしめられる。素肌と素肌が密着する感触が心地よい。

唇と唇を、角度を変えて何度も重ね合わせる。胸の先端をくすぐられて肩を弾ませれば、レオポルドは「かわいい」と呟いてまたくちづけてくる。

「んっ……ん、ふ……」

柔らかな唇と熱い舌の虜になっていると、薄桃色の蕾を指で捏ねまわされた。

彼のもう片方の手は秘めやかな園へと伸びていき、蜜の状態を探るように入り口を掠める。そこは依然として潤みきっていたから、くちゅっと水音が立った。

くちづけを交わしながら、彼の手に誘導されて片脚を上げる。自然と体が横向きになる。

花園の入り口に突き立てられた雄塊は、何度も果てたとは思えないくらい逞しかった。むしろ、これまで以上にいきり立っている。

「ふぅっ……う、んんっ……！」

熱い切っ先が蜜壺に沈む。媚壁は蠕動《ぜんどう》しながら楔を奥へと誘い入れる。

空虚だったそこが、彼のものでいっぱいになっていく。

抱き合ったまま繋がりを持ったので、彼は動きにくいのではないかと思ったものの、杞《き》憂《ゆう》だった。

レオポルドは器用に腰を揺さぶり、コリンヌの内側を突いてくる。

「あっ、あ、あぁ……っ」

突き上げられるたびに高い声が出て、たまらなくなって、好きだという想いが溢れてくる。

「愛しいコリンヌ――。どうして、そんなに」

レオポルドは言葉を切ると、上下に揺れる乳房をふたつとも摑んでその先端を指で嬲った。

「ひぁ、あっ……やん、んっ……気持ち、い……」

レオポルドは碧い瞳をわずかに潤ませて眉根を寄せる。

「切なくなるほど、きみは私を締め上げる」

より強く媚壁を押された。猛《たけ》り狂った楔で内側を掻き乱される。

「あぁっ、やぁあっ……！」

コリンヌが首を振れば、黒髪がたおやかに揺れる。

「きみのすべてが、魅惑的だ」

どこか厳かにそう言って、レオポルドはさらに律動を早める。

「あっ、また……わたし……ん、あっ、あぁあ――……！」

遙かな高みへ引き上げられ、すべてが発散する。それでも快楽だけはあとに残って、コリンヌの体を脈打たせた。

体内にあるレオポルドの熱情も、同じようにビクン、ビクンッと跳ね上がっている。

何度、内側に精を放たれてもまた、欲しいと思ってしまう。

互いにひどく汗をかいているから、密着していると暑い。それでも、離れたくなかった。

彼も同じ気持ちらしい。コリンヌの腰を抱いたまま放さない。

「まだ……眠くはない？」

掠れ声を聞けば、いまだに繋がり合ったままの箇所がきゅんと疼く。

コリンヌはほほえんで「はい」と返事をした。


コリンヌとレオポルドは、結婚したあとも宮殿とベルナール伯爵領を行き来する生活を送っていた。

特に忙しいのはレオポルドだ。ほうぼうからデザインの依頼が舞い込む。貴族平民を問わず、依頼があればなんでも受けている。

彼は議会に出席したり書類を決裁したりという公務の合間を縫って、コリンヌの傍らでスケッチをしていることがよくある。

いっぽうコリンヌは、王子妃としてレオポルドと一緒に客人をもてなす傍ら、時間を見つけて絵を描いていた。伯爵領では、男女共学で絵画教育がなされるベルナール学院で講師をすることもある。

「レオ。ユマ湖へ行きませんか？」

コリンヌが誘えば、レオポルドは「いいね」とふたつ返事をした。

馬車でユマ湖へ行く。コリンヌは布を被せたキャンバスを抱えていた。

彼に『裸体を描いて』と依頼されてからどれだけ経っただろう。思えばそれがすべての始まりだった。

長い時間をかけて、やっとレオポルドの絵が完成した。

ユマ湖に到着すると、コリンヌはどきどきしながら、出来上がった絵を彼に手渡した。

「やっぱり、私の絵だね？　そうじゃないかなって思っていた。嬉しいな」

彼は布を外すと、肖像画をじいっと見つめた。

「きみの瞳に、私はこんなふうに映っているんだね……」

「い――いかがでしょうか。どうか正直にお話しください」

感想を聞くのは恐ろしくもある。それでも尋ねずにはいられなかった。彼の表情からだけでは、どう思ったのかわからなかった。

「なんというか……エロス？」

コリンヌは赤面する。

「褒めているんだよ。ありがとう、描いてくれて」

「あの、レオ。ひとつお願いがあります」

「うん、なあに。きみの願いならなんでも聞くよ」

「この絵は誰にも見せないでほしいのです」

彼の裸体は誰にも見せたくない。たとえ絵であっても。

きょとんとしていたレオポルドだったが「ふ、はは……っ」と笑いはじめる。

「あらたまって言うからなにかと思えば、そんなこと？」

「そんなこと、ではありません！　ほかの人には絶対に鑑賞されたくないのです。だって、レオは……」

「私は？」

「わたしだけの、ものですから」

コリンヌは涙目になって必死に訴える。レオポルドはというと、笑いをこらえるような顔でコリンヌを見つめ返した。

「……わかった。かわいい妻のお願いだ。だれにも見せないよ」

レオポルドは、安堵するコリンヌのお腹をそっと摩り、キスをする。

新緑の香りを含んだ爽風が、ふたりを優しく撫でていった。

あとがき

こんにちは、熊野まゆと申します。あとがきをお読みくださり本当にありがとうございます。おかげさまでヴァニラ文庫様――ろっ、六冊目の本でございます。

読者様、そして制作に携わってくださった皆様に厚く御礼申し上げます！

さっそくですが、キャラクターたちについて少しお話ししますね。

まずは強面のブリュノ！　彼はコリンヌ扮する『リュカ』が女性だと早い段階で気がつきますので、その後はレオポルドに対する愛情を煽るようなことを無表情で言ってのけます。コリンヌの根性と、レオポルドを試すシーンもありました。彼は「試す」なんて言っていましたが、半分は面白がっていただけです。ブリュノは娘のマノンを、異性であるレオポルドには長い時間抱かせたくなくてすぐにコリンヌに抱かせました。わりと心が狭いですね。ともあれ、熊野的にかなりお気に入りのキャラクターとなりました。

さて、次はコリンヌの弟リュカについて。作中で描写はしておりませんが、リュカはジーナにベタ惚れです。ふたりの恋を熊野はひっそり応援しております。リュカはさんざん「ひきこもり」と言われ続けてきたので、これからたくさん頑張ってもらいたいです。

さあさあ、今作にも『言葉遊び』を入れさせていただいております。アナグラムです！

（↑かっこいいので言ってみたかっただけです）

三つあります。ネタバレ厳禁！　な方は、以降は読まずに本書を振り返っていただけますと熊野が大喜びします。

アナグラム一つ目は、芸術の街の名前。二つ目は、ちょっと難しいですよ！（ちょ、ちょっとだけ……）ヒントはコリンヌの叔父さんが滞在していた国の名前です。この国名をローマ字にして入れ替えてみてください。そして三つ目は、ベルナール伯爵領の湖の名前です。それぞれに『クマノマユ』がちょこっとだったり、まるっとだったり隠されておりますので、探してみてくださいね！（一つ目と三つ目はものすごくわかりやすいです）

イラストご担当のＣｉｅｌ先生。キャラクターラフを拝見して鼻血を出しそうになりつつ、改稿時にはＣｉｅｌ先生の美麗なレオポルドとコリンヌを想像（妄想）しながらキーボードを叩かせていただきました。コリンヌの、男装したキャラクターラフのかわいらしいこと……！　何度も繰り返し見させていただきました。とっても美しいふたりを、本当にありがとうございました！

今作、最初のプロットでは、もっと暗くてドロドロした感じになりそうだったのですが、編集者様のアドバイスにより明るく萌え萌えなお話となりました。担当編集者様、迷える熊野を正しいほうへと導いてくださり、いつも本当にありがとうございます！　どうぞこれからもご指導ご鞭撻のほど、何卒よろしくお願いいたします。

そして、本書の制作に携わってくださった皆様。あらためまして、心より御礼申し上げます。実際に出来上がった本を手に取らせていただくときにはいつも感動しております。たくさんの方のご尽力があって本書が生まれたことを、奇跡のように感じるのと同時にとても幸せに思っております。

末筆ながら、読者の皆様。いつも本当にありがとうございます。熊野は執筆中、妄想しながら楽しく書かせていただいておりますが、読者の皆様に楽しんでいただけることが一番ですので、どうぞお気軽にご感想などなど、ツイッター等でお寄せいただけると嬉しいです。

これからも精進してまいりますので、今後とも熊野をどうぞよろしくお願い申し上げます。

時節柄どうかくれぐれもご自愛くださいませ。またお会いできますようにと、お祈りしております！

熊野まゆ

麗しの王子殿下は男装した画家令嬢を昼も夜もかわいがる

Vanilla文庫

2022年8月20日　第1刷発行　定価はカバーに表示してあります

著　者　熊野まゆ

装　画　Ciel
発行人　鈴木幸辰
発行所　株式会社ハーパーコリンズ・ジャパン
東京都千代田区大手町1-5-1
電話　03-6269-2883（営業）
0570-008091（読者サービス係）

印刷・製本　中央精版印刷株式会社

Printed in Japan ©K.K. HarperCollins Japan 2022 ISBN978-4-596-74758-7

原稿大募集

ヴァニラ文庫では乙女のための官能ロマンス小説を募集しております。
優秀な作品は当社より文庫として刊行いたします。
また、将来性のある方には編集者が担当につき、個別に指導いたします。

◆募集作品

男女の性描写のあるオリジナルロマンス小説（二次創作は不可）。
商業未発表であれば、同人誌・Web 上で発表済みの作品でも応募可能です。

◆応募資格

年齢性別プロアマ問いません。

◆応募要項

・パソコンもしくはワープロ機器を使用した原稿に限ります。
・原稿は A4 判の用紙を横にして、縦書きで 40 字 ×34 行で 110 枚 ~130 枚。
・用紙の 1 枚目に以下の項目を記入してください。
①作品名（ふりがな）/②作家名（ふりがな）/③本名（ふりがな）/
④年齢職業 /⑤連絡先（郵便番号・住所・電話番号）/⑥メールアドレス /
⑦略歴（他紙応募歴等）/⑧サイト URL（なければ省略）
・用紙の 2 枚目に 800 字程度のあらすじを付けてください。
・プリントアウトした作品原稿には必ず通し番号を入れ、右上をクリップなどで綴じてください。

注意事項

・お送りいただいた原稿は返却いたしません。あらかじめご了承ください。
・応募方法は必ず印刷されたものをお送りください。CD-R などのデータのみの応募はお断りいたします。
・採用された方のみ担当者よりご連絡いたします。選考経過・審査結果についてのお問い合わせには応じられませんのでご了承ください。

◆応募先

〒100-0004　東京都千代田区大手町 1-5-1　大手町ファーストスクエアイーストタワー
株式会社ハーパーコリンズ・ジャパン　「ヴァニラ文庫作品募集」係